幸福就是一场雨

焦文旗 —— 主编

常朔 —— 副主编

花山文艺出版社

河北·石家庄

图书在版编目（CIP）数据

幸福就是一场雨 / 焦文旗，常朔主编. -- 石家庄：花山文艺出版社，2020.6（2025.1 重印）
（"智慧人生"丛书）
ISBN 978-7-5511-5195-5

Ⅰ. ①幸… Ⅱ. ①焦… ②常… Ⅲ. ①散文集—中国—当代 Ⅳ. ①I267

中国版本图书馆CIP数据核字(2020)第094734号

丛 书 名：**"智慧人生"丛书**
主　 编：焦文旗
副 主 编：常　朔
书　 名：**幸福就是一场雨**
　　　　　Xingfu Jiushi Yi Chang Yu

选题策划：郝建国　王玉晓
责任编辑：师　佳
责任校对：李　伟
封面设计：新华智品
美术编辑：王爱芹
出版发行：花山文艺出版社（邮政编码：050061）
　　　　　（河北省石家庄市友谊北大街330号）

销售热线：0311-88643299 / 96 / 17
印　 刷：北京一鑫印务有限责任公司
经　 销：新华书店
开　 本：880mm×1230mm　1/32
印　 张：6.25
字　 数：120千字
版　 次：2020年6月第1版
　　　　　2025年1月第6次印刷
书　 号：ISBN 978-7-5511-5195-5
定　 价：39.80元

编　委　会

写在前面

◎ 郝建国

花有千万种，路有万千条。

对自然而言，和风细雨，阴晴冷暖，均为常态；于人生而言，顺境逆境，悲欢离合，亦属习见。

人生是一段持续百年的跋涉，需要不断地汲取营养，增添前行的动力。

在人类漫长的发展史中，无数先哲积累了大量的人生智慧，铸就了许许多多的智慧人生。这些经验，经过传承，由文言文转为白话文，弥散在一个个现代版生活故事中，感染和引领着无数的人，由粗放走向精致，由遗憾走向尽美。

我们认为，智慧的人生才是完美的人生。

为了便于大家在阅读中感知和体味人生智慧，我们编选了这套"智慧人生"丛书。

丛书由《看淡人生悲与喜》《活着，就是最美的风景》《与过去的自己对话》《爱是最好的良药》《和对手做好邻居》《活成一支小夜曲》《相信自己的"奇迹"》《仁爱比聪明更重要》《幸福就是一场雨》共九册构成，从多角度揭示智慧人生的不同侧面，展示智慧人生的多维内涵，寄望身边的每一个人都能活得精彩、活得明白、活得有尊严。

　　丛书中的文字浅显易懂，故事生动感人，读来畅快淋漓、兴趣盎然、回味隽永。文章作者，虽不乏文坛宿将，然多为普通写作者，他们从身边琐事写起，独抒性灵，讲述对人生的智慧解读。阅读的过程，宛如与故友谈心，丝丝涟漪，轻轻荡漾，如春风化雨，滋润心田。

　　人生如航行，智慧是灯塔。

　　祝读者朋友一路顺风，愿智慧之灯无碍长明！

目录

第一部分 春意是一颗婆娑的心

第二部分　只记花开不记年

第三部分　幸福就是一场雨

第四部分　静候流年，以待花满枝头

第一部分

春意是一颗婆娑的心

月 光 汤

◎徐　徐

当乡下的夜空升起一轮明月时，月光便洒满了山林村舍，地面上也都凝起了一层透亮的"薄霜"。此时，若有人侧耳去听，定可听得到孩童们的踏"霜"之声——三五成群的他们，在晒谷场上追逐打闹，做各种有趣的游戏，捕草屋屋檐下的鸟雀……玩得不亦乐乎。

孩子们喜欢有月光的夜晚，大人们也是。一天晚上，月光很亮，亮得连父亲也觉得待在屋内睡觉未免太过可惜。于是，他便带我去村外的湖边夜钓。

月光如水，湖平如镜，豌豆般大小的浮漂漂在水面上粒粒可见。先是点点浮颤，继而微微下沉，当浮漂猛地一沉，父亲便迅速起竿，一条白花花的鱼便在水中扑腾翻转了起来，上钩了！

月光清澈、白亮，想是鱼儿也不忍就此睡去，纷纷就着一盏月光灯，在湖中来回穿行。当鱼饵明晃晃地摇曳在水里，它们又怎会怀疑这份恬静背后的真相呢？它们纷纷咬钩，就这样，父亲的鱼篓，很快便满了。

此时，明月依然高悬在夜空之中，意犹未尽的父亲，并不打算回家。

但我们有些饿了，父亲就索性找来一个废弃的陶罐，就着湖水洗净，然后支在火堆上——他要煮一罐鱼汤。水，从湖里汲取而来，白白净净；鱼，是刚刚钓上来的，也白白净净；月光，自星空流淌而来，更是白白净净。

父亲说，喝下这白白净净的汤，心里就会安宁无比，少怨，无烦。

很快，鱼汤泛起了奶白色，像一捧捣碎的月光，皎洁地盛在罐子里。没有碗，父亲便让我对着罐子先喝，喝剩下的再给他，好东西他总是让我先尝。这罐未放油盐酱醋葱的鱼汤，竟将鱼天然的鲜美展现得淋漓尽致，没有一丝的鱼腥！

父亲还不忘在一旁说道："这可不是一般的鱼汤，而是一罐月光汤，只不过是里面游进了几条白白净净的鱼。"记忆中，这是父亲说过的最富诗意的话，让我终生难忘。

那一刻，眼前黝黑、整日忙碌的农民父亲，俨然像个白面书生、中年文艺男，只是他把精力全给了日复一日的田间劳作。

是的，为了家人，父亲不得不埋身田间地头。每遇旱季，我们都要用好几台水车，将山下的泉水往高处的梯田里翻送。白天轮不到我们翻，只有等晚上，月光下，父亲、我和妹妹，一人负责拉动一台水车，一阶一阶地朝上翻送水。

父亲的水车放得最陡，梯度也最大，拉起来格外费劲，他把平缓的梯度留给了我和妹妹。即便如此，他也总是快速地拉几十下自己的水车，随后便过来帮我和妹妹。

一车车白花花的月光泉便是这样，从低处翻涌进我们的梯田里。常常一忙就是一整夜。累了，父亲便以堤埂为床，躺在月光里，小睡一会儿。有时，我会抱怨，觉得这活太累、收益小，可父亲却说，百滴水就能救活一棵稻，只要水到了，就不会颗粒无收。"莫要怨了，月亮不都在陪着我们，给我们照明嘛！"

　　暑假时，父亲常去集市卖红薯。凌晨两点便要担货出发，夜行山路，我替他打手电筒照路，给他壮胆。倘有月光明道，父亲便会独自上路，不要我陪。月光，便是他的伴、他的明灯、他的保护神。

　　中考那年，我考得不好，没能被县城里最好的高中录取。一天晚上，父亲和我纳凉说闲话，他说："你别看现在天这么黑，等月亮一出来，这里便会亮堂起来，你要相信明天一定会好起来的！"父亲的话点拨了我，让我重拾信心，后来，我考上一所重点大学。

　　多年后，父亲才告诉我一个很大的秘密：他曾是地方政府宣传部门的一名公职人员，写得一手好文章，前途无量。可在我两岁时，他因违背了当时的计划生育政策，多生下一个孩子，也就是我的妹妹，被解除了公职，回乡种田。

　　可我从未见过他因丢了公职和乡下的清苦而抱怨，他常对我说："乡下很好，晚上还有很白净的月光，有什么可抱怨的呢？你在城里，要是累了、烦了，就回来看看乡下的月光吧！"

　　一罐月光汤、一车月光泉、一弯月光路，我终于读懂了父亲：因为心中始终有月光，他才能在岁月的千沟万壑中岿然不动，且从不发一声怨言。在父亲看来，若是觉得人生苦，根源是心里有苦，不管遇到何种困难和不顺，只要心田能常被月光滋润，不干涸、不开裂，人生便有希望和奔头，心也就不苦了。

（本文被选作2019年中考山西省卷阅读题材料）

闲敲棋子落灯花

◎马亚伟

你读过赵师秀的《约客》吗？"黄梅时节家家雨，青草池塘处处蛙。有约不来过夜半，闲敲棋子落灯花。"少年时读，我并没有领略到这首诗有多么精妙，觉得不过是在写一个人百无聊赖地等客人如约而至，客人久久不来，他便独自敲着棋子排遣寂寞。

我们对很多事的理解和领悟，都需要经过时光的磨砺和岁月的沉淀，才能悟出不同的味道来。多年以后，我再次读到这首《约客》，忽然间有种顿悟的感觉。

诗句何其轻盈灵巧，意境何其淡泊清雅！此诗的妙处在于一句"闲敲棋子落灯花"，此句的妙处在于一个"闲"字。"闲"字最能表达诗人的心境，他并没有丝毫等待的无聊与焦灼，而是以一种闲适自得的心态来面对。你来或者不来，我都在那里，不远不近，不怨不尤，不焦不躁。你不来，我不恼，内心淡定而安然，并且诗人极有闲情逸致，听听雨声和蛙声，敲敲棋子，悠然自得，随缘便好。

不知我的理解是否合乎诗人的心境，或许一千个读者就有一千种解读。我更愿意相信，闲敲棋子落灯花，表达的是一种等待之中的从容和淡定，随意和优雅。

等待，是一个漫长的过程，并且很多时候等待并没有结果，就像有约不来的那位客人一样，他爽约了，你没有等到他。我们每个人一生中都会无数次经历等待，等待人来、等待花开、等待困境中有人伸出温暖的手、等待一次改变生活的机会、等待一次美丽的邂逅、等待爱情从天而降、等待梦想成真……那么多的等待，我们如果缺乏耐心，缺乏得失随缘的淡然，会因为"等而不得"让自己心生抱怨和不满，把一生过得焦灼而潦草。等待是需要一种美好的心境的。

我要说的是，以"闲敲棋子落灯花"的心境来等待。有人说，等待也是美丽的。对我来说，等待的美丽，应该在于一份闲适和自在，不去关注结果，只管静静地等待就行了。就像诗人赵师秀一样，等朋友的时候，一点也不着急，就像在享受一段静水般的美妙时光。

记得有一次我在书店门口等朋友，她久而未至，我就一个人去书店里看书。我清楚地记得，那天的阳光特别亮，斜斜地照进书店里，正好落到我的背上。书店外的梧桐树开了满树紫色的花，漂亮极了，还有馥郁的香气飘进来。我捧着书耐心地读着，文字的馨香同样让我愉悦："四月的黄昏，仿佛一段失而复得的记忆。也许有一个约会，至今尚未如期。也许有一次热恋，而不能相许……"那一刻，我忽然涌起莫名的感动，我也要写出自己内心那种微妙的感受。我第一次萌生写作的心愿，大概就是在那一次。那次，我的等待没有结果，却有了意外的收获。

如果等待的时候，我焦急不堪，心绪烦乱，哪有心思享受一段属于自己的美丽时光？人生中所有的等待都是一样的道理，等不来也不要紧，没有结果也可以在过程中收获自己的喜悦和快乐。时光有情，岁月常新，不要着急，慢慢等，静静等，不焦躁，不抱怨，把漫长的人生过成一首诗。

等待，真的是需要这样恬淡的心境呢！你来或者不来，我都在那里，不急、不恼，闲敲棋子落灯花！

回去，给老屋换片瓦

◎立　新

　　父亲念念不忘的是老屋，那个立于乡下老家的三间破旧砖瓦房。

　　最近，父亲总嚷着要回老家，说，老屋屋顶的瓦要换，多雨的天气来了，碎瓦不换掉，房子会被雨漏倒的。

　　我抽不出空回去，更不同意父亲一人回去，他已是七十多岁的老人，老屋又年久失修，上去换瓦，很不安全。

　　"等我有空再送你回去吧！"我搪塞道。父亲说："哪天有空？屋倒是不等人的！"我有些不高兴："倒了就倒了，我再帮你建一个小洋楼。"

　　父亲一脸不开心，说："新盖的房子，那能跟老屋一样吗？你们的气息都渗到老屋的墙壁里了，就拿厨房来说，你们兄弟几个，谁没在里面烧过锅、烘过火、蹭过锅台？新建的，里面有吗，你们会对它有感情？屋子跟人一样，不处久了，哪来的感情？"

　　父亲的话，让我无以应对，我也曾让儿子站在老屋的各个角落，给他拍照，跟他说发生在老屋里的往事，可他并不感兴趣，原因就在于他对老屋不熟悉，没感情。

在父亲的催促下，前几天，我终于和他回了一趟老家。几个小时后，老屋便出现在我们的眼前。它站立在杂草荆棘丛中，如同一个孤寡老人，似乎有千言万语要说，想问我们为何久不归来，但它终究什么也没说，就那么一直沉默着，沉默得让我心酸。

父亲从屋内找到一把生了锈的镰刀，将杂草荆棘全都砍倒了，屋前一下开阔了起来。

看到满屋子都是灰尘，父亲顾不上歇一歇，又拿起扫帚，开始扫地除尘。我说："换完瓦，我们就走了，又不住，扫它有何用？"

"要扫的，"父亲边扫边说，"老屋是有灵性的，我们扫了，它就知道主人回来过，没忘了它，没不要它，它就会努力地活得更久，在风雨中站立得更久。反之，它就会倒塌得很快。其实，老房子跟老人是一样的，需要被在乎、被关注。"

扫完屋后，他又在我的帮助下，爬上屋顶，逐一扫去瓦片上的枯枝败叶，拔去瓦楞边的杂草，拿掉冻碎的瓦片，再换上一片片新瓦……

儿时，每年我都曾目睹过父亲上房换瓦，那时的他，身手敏捷，动作麻利，根本不需人帮，可现在他老了，动作缓慢而笨拙，而且有些许胆怯状，我不敢去催他，怕他一着急，踩塌了屋梁，摔下来。

"至少保一年不漏了！"换完瓦后，父亲高兴地说。

下来后，他又朝锅洞里点了一把火，将锅用热水洗了一遍，烟囱里又冒起了久违的炊烟。接着，他又找来水泥和瓦刀，将老屋裂开的墙砖重新勾缝、填好……他做这些时，心情异常愉悦，容光焕发。

把对联重新粘牢，将门、锁、桌子、灯泡，仔仔细细都擦了一遍，父亲一件接着一件事做，他将老屋好好地"梳洗"了一番，让其一下子精神多了。

做完这些，天已经黑了，父亲心满意足地跟我踏上了回城之路。路上，他告诉我，自己最近总梦见老屋被雨漏倒了，灶台也毁了，他回来时，没地方睡，做不了饭，饿得肚子生疼。这下修好，总算踏实了！

我理解了父亲，懂了他对老屋的那片深情，老屋是他心灵最柔软的地方；是他每每站在城市的顶端，眺望的方向；是他人到老年，越来越挥之不去的浓浓乡愁；是他余生想留在那儿，但又无法留下来的无奈，老屋是他一生无法剥离的根，他不能失去根。

儿时，我总觉得老家藏在深山里，太过偏僻和落后，现在，反倒为它的偏僻而倍感庆幸，因为偏僻，没有商人去投资，没有人要拆掉我家的老房，没有人切断我们的乡愁。

我发现自己错了，父亲及时回来修补老屋是对的，没有外力的摧残，并不等于老屋就会一直完整地保存在那里，如果我们漫不经心，对它不闻不顾，那么有一天，它也会轰然而塌。

没了老屋，游子拿什么来怀念儿时的家园和故土呢？千山万水地赶回来，连一个落脚地都没有，只能站在一片遗址上，恸哭不已，那将是何等悲伤！

不少生在农村，后来进城里的人，常喜欢唱衰人去屋空的乡村，我想，与其唱衰，不如去做些保护或振兴它的实事。比如，常回去看看老屋，像我父亲那般，帮它梳洗一番。老屋不消失，故乡就不会消失，游子就能随时满怀期待地归去。

（本文被选作2019年中考广西梧州卷阅读题材料）

手 语 者

◎马国福

当芯片变成鸦片，我们已集体沦为孤独症患者。

纷繁的网络和日新月异的微信已精准地用其锐利又温柔的爪子，稳稳地抓住了现代人的软肋，建造起强大的网络帝国，使我们不可避免地沦为它的俘虏。在集会中、在饭桌上，或在其他公共场所，我们即便面对面，不到三分钟，也会迫不及待地开始埋头于微信世界里，似乎那里所展示的瞬息万变的世界与我们有很大的关系。但实际上，我们并不重要，我们只是飘过这个世界的一缕空气、一根羽毛，可是很多时候，在虚拟的网络世界和微信帝国里，我们总以为自己是大树、是水源、是山川，我们的存在就是对世界的意义。但这只是一厢情愿，哪怕你一个月一年都不上网，网络世界和微信帝国也并不因我们的撤离和疏远而衰弱消失，它的时空永远热气腾腾。

微信的空间正逐步取代人与人之间的现实空间，它基本上成了我们生活的秀场，但它注定无法代替一个人精神的走向。可虽明知如此，我们每天清晨和晚上还是分别以醒后睡前看一次微信当作看时钟，醒来时第一时间看微信当作按闹钟。微信已取代日出和日落，冲击时间和大地的伦理，它不记有我们的精神刻度，但它在一天天一次次记录我们在俗世生活中的活色生香、孤独风光、酸甜苦辣。微信是我们情绪的晴雨表，是我们展示生活质量的窗口。

如今看微信就像一个人每天的朝圣，我们捧着手机阅读朋友圈里熟人或朋友的信息时，那表情绝不亚于信徒捧着《圣经》朝圣、祈祷。人人埋头奋战，以手指为犁，勤耕细作，持续地发微信，仿佛手机就是一块儿自留地和试验田，似乎我们生活的所有意义和价值全都在里面。

不管白天还是黑夜，我们都在看微信，手机微信已严重介入我们生存的物理空间和精神空间，它已成为个体生活的忠实记录者，时代浮躁变迁的刻录者，我们急于在微信朋友圈里"秀"。但我想说，繁华背后是一个时代的集体荒凉和孤独。

我们情愿去信仰一部手机和它缔造的帝国，却不愿去相信让日升日落成为每天的美学仪式的审美。看上去我们在微信空间里建立起了属于自己的世界格局和生活秩序，用微信这个晴雨表来记录我们衣食住行、吃喝拉撒的概况并实况直播，使我们能在有限的屏幕空间中展现无限的生活风光，但朋友之间见面却很少说话，即使说话，也就是几句寒暄便开始埋头于微信——朋友圈组建的世界真有那么重要吗？

微信正以零敲碎打的方式在我们的生活里植入芯片这枚鸦片，让我们不知不觉自愿沉溺于孤独症中。

我很赞同青岛作家连谏说的一段话，她说："现代人虽然有微博微信，每天看似很忙，其实还是孤单寂寞的，每个人都是生活的旁观者，生活看似热闹却和自己没半分钱的关系。让我觉得这个世界上站着一群手语者，每个人都在忙着表达自己，以为自己万众瞩目，其实谁也没有看谁。每个人都只不过是心存幻想的表演者，兴致勃勃，孤单自乐。不是在孤单寂寞里成长就是在孤单寂寞里享受自恋。"

　　我觉得连谏的这段话就像一个有着多年内科临床经验的专家在以精微的刀法解剖着现代人外表繁华、内心寂凉的世界。它一针见血，字字蚀骨，让现代人内心里的那点"皮包下面的小"一览无余。

　　朋友圈试图将不同空间、不同精神纹理的人拉到自己的生活现场，但我想说的是，不同质地的精神不可能在同一个生活现场灵魂同频。我们所呈现的只是生活现场的表象和精神内在的纤毫，静水流深的世界无法用粗放的朋友圈来呈现。

　　当然，我们没有权利来用自己的主观认识定义别人的世界，我们可用手机和微信来修整和装饰个人生活的现场，这个现场就如同一个移动的容器，默默地承载和包容我们走过的世界、道路、光阴和它们散发的气息。

　　但这注定是一个深渊和迷宫。微信开拓出的一方疆土，会让我们的时间一点一点在这个深渊和旋涡里沉溺下去，最终使个人的现实空间成为一片废墟，而你我只是站在废墟上努力让自己看上去不孤单的人。微信，只提出生活的问题，却很难给出治疗现代人精神焦虑的处方。如果有一天微信这种网络空间被别的新兴媒介取代，它会落得个"白茫茫，大地一片真干净"的虚无寂静的下场吗？

我们每天都发一次或多次朋友圈，如同深处吸食鸦片的瘾中。似乎我们不发微信就会被身边的人、被这个世界抛弃，那么我们对这个世界究竟有多重要？

握在我们手中的手机像一把双刃剑，剑内的鸦片在一点一点地溢出来，销蚀掉我们心灵的生机。如今，我们究竟该在哪里重新构造我们精神的原乡？

安神的气息

◎蒋　曼

　　近几年，焦虑似乎成为一种流行的情绪。流行的芳香疗法宣称：香薰精油能对症下药，来拯救日益焦灼的心灵。人们相信这些浓缩自然精华的气味能瞬间抚平心灵褶皱，愈合身心的伤口，消除身心的疲惫。最有名的是薰衣草，它独特的安神效果简直是家喻户晓。后来，听一个专业的香薰师介绍，薰衣草缓解焦虑，改善睡眠的作用对中国人并不明显。究其原因，薰衣草是许多西方人童年的记忆，他们闻到薰衣草的气味时自然感到亲切、放松。而对于中国人，薰衣草是陌生的，它的气味并不能让我们在过去的回忆中寻找到慰藉。自然，安神的作用也就因人而异。

　　原来，打动我们的不只是气味，还有气味包裹着的时光，它们古旧而安详，让我们瞬间回到熟悉的氛围中去。童年单纯的愉悦与松弛，是一生中最初的良辰，记忆深刻。那时的气味包裹着那时的心境，被镌刻在记忆中，被日常琐碎封存。但总有一个时刻，气味会把我们再次带到现场，闭上眼，笼罩四周的还是当年的岁月静好，年华无伤。

　　人们的味觉记忆其实是非常顽固的，也许当年并未留意，但总有一个时刻，当熟悉的气息传来，我们会在瞬间穿越时光。

普鲁斯特在《追忆似水年华》中描述了一段关于气味的独特经历："天色阴沉，看上去第二天也放不了晴，我心情压抑，随手掰了一块小玛德莱娜浸在茶里，下意识地舀起一小匙茶送到嘴边。可就在这一匙混有点心屑的热茶碰到上颚的一瞬间，我冷不丁打了个颤，注意到自己身上正在发生奇异的变化。我感受到一种美妙的愉悦感，它无依无傍，倏然而至，其中的缘由让人无法参透。"

不过是一块普通的饼干，却让普鲁斯特在一刹那回到了童年。小玛德莱娜点心浸在茶里的气味就是他小时候拜访姨妈家时经常闻到的味道。正是这样的味道激活了作者对往事的记忆，也唤起了当时情境下的温馨和愉悦体验。

我喜欢的气味是田野上烧秸秆的味道，即使不是乡下人，我也喜欢夏天。初夏或者夏末，傍晚，天空还异常的明亮，暮霭匍匐在山边，渐渐席卷。空荡荡的田野总有火堆开始燃烧，不管是开始时的青烟还是燃烧后的余烬，都散发着安谧和惬意。那些麦秆、稻草，被阳光晒得干脆的藤蔓与野草，它们被农人堆在一起，火与烟袅袅而上。这样的傍晚，格外的温馨和缓。牛吃饱了草，活也做完了，乡下人在水塘、小河边慢慢洗手洗脚，掸落衣服上的草屑和泥土。炊烟也从看得见的青瓦屋顶、竹林中升起。

这时候，我常常坐在高坡上，看天地稀疏，岁月悠长，一个长长的夏日在秸秆燃烧的味道中缓慢流过，微热的石头和我一起自在地舒展平躺。对我来说，能给我平静和抚慰的味道不是薰衣草之味，而是炊烟缭绕之味，是秸秆燃烧之味。那些在生命起端出现的日常，即使当时以为无足轻重，却能在许多年后与我们重逢时，凭着味道，直达脑海，勾连出往昔，使昨日重现。甚至你以为已遗忘的过去，也会在气味的牵引下，历历在目。

端午日近时，城市里开始弥漫着艾草、菖蒲的气味。即使从人声嘈杂的市场走过，这样的味道也足够安神。夏天来临，这些春天的灌木刚刚长成壮年，气味强劲，携带着千年的嗅觉密码，在透明的空气中伸出手，轻声召唤。它唤起的不仅是个人的童年，一个民族幼年的单纯与温情，也被保留在它植物的气味中，年年安慰我们。团聚的人、孤独的人，由着这来自田野的芳香，回忆起每一个节日积淀的沉静、热闹。往日只剩美好，我们浸泡在巨大的松弛中，像水草自由摇曳。

能安神的气味并不神秘，它是从岁月深处吹来的和风，即使穿过寒冬，也携带当年的暖意。不同的人有专属于自己的安神气味。席勒写作时，要闻着烂苹果的气味才能文思敏捷。大家都说这是作家的怪癖，但也许苹果的背后也藏着一段丰饶的岁月，它虽然已逝，却靠着气味活在一个人的心里。

锯木头的木屑味，寺庙里的焚香味，太阳晒过的被子味，翻开新书的油墨味，刚割下的青草味，大雨之后的土腥味，孩子的奶香味……据说人的鼻子能够分辨和记忆超过一万种不同的味道，它比我们的记忆更隐秘，也更执着。它胶着人的情绪，牢固地黏附在记忆中等待被开启。

对渔村里走出来的人来说，那咸腥的海水气味是安神的气息；草原上初夏的蘑菇清香能安慰离开马背的人们；城市格子间的某人嗅到松木的清香就心旷神怡。

我们喜欢的气味背后，有我们知道的、不知道的痕迹，那些热爱过、期盼过、陶醉过的痕迹。宛如水般侵蚀的痕迹是树状的记忆，蜿蜒而来，顺藤而上。安神的不仅是气味，还有庇护过我们的被珍藏的岁月，温暖又宁静。

春意是一颗婆娑的心

◎王继颖

　　最早的春意，是鸟衔来的。立春刚过，华北平原的草木还枯瘦着，我住的楼前，一对花喜鹊就每日"喳喳喳喳"喜不自禁。它们婆娑起舞的影子，频现于最高的国槐树梢。清晨，一只喜鹊横衔一根纤细树枝，向披着金色阳光的树杈间飞。一个家的轮廓渐渐膨大、清晰。节气渐过雨水、惊蛰，日子流转，小区花园内的柳树和海棠、樱花和丁香，以及添了喜鹊新居的国槐，睡了一冬的秃树枝，都次第被喜鹊的歌声和舞姿唤醒，探出犄角儿，冒出新芽，绽出嫩叶鲜花。树下的草醒得早，新绿的裙尾曳地，绿底繁花的春光长裙更显飘逸。

　　植物园里，麻雀"叽叽叽叽"，扑棱着轻盈的翅膀，四面八方飞上飞下，抖搂出满世界的欢快；巷子上空，鸽子"咕咕咕咕"，舒展开健美的羽翼，给电线纵横的五线谱，点缀上希望的音符。一群群婆娑起舞的鸟，扇动着春风的翅膀，传递着声声春讯。迎春黄、玉兰白、杏花粉、桃花红……小城的每个角落，都溢满了自然的生机。

　　西北平原的朋友在菜地里发现一株开花的草，紫红的茎，边缘生有锯齿的近圆形娇小绿叶，淡蓝花瓣布着深蓝纹理的玲珑小花。草的学名"婆婆纳"已经够动听，朋友故乡的人赋予草的小名更有生趣——"婆婆娑"。婆婆娑是报春草，一朵朵淡蓝的秀美小花，柔柔弱弱地婆娑起舞，舞出了新绿盎然、繁花似锦。

"婆娑"二字，我和朋友都喜欢。《现代汉语词典》中"婆娑"的意思，一为"盘旋舞动的样子"，二为"枝叶扶疏的样子"，三为"眼泪下滴的样子"。春的脚步由南向北，走遍华夏大地。鸟愉悦地歌唱和飞翔，草木萌动、吐绿绽芳，都是春风挥动着衣袂，在盘旋起舞。春风婆娑起舞，花事起伏，春意渐浓，姹紫嫣红，枝叶繁茂，花木婆娑。"清明时节雨纷纷"，墓前祭扫，怀亲的泪潸然下落，泪眼婆娑。"清明谷雨两相连，浸种耕田莫迟延。"勤奋惜时，大地上处处可播下丰硕的种子。如果用一个词形容春意，我首选"婆娑"。轻声念出"春意婆娑"，唇齿间会洋溢出蓬勃的生机、真挚的情意。

我步行上下班，会路过一座临街的老楼。那里二层有一户人家，旧窗内几十盆花草，四季常有花开，春日里更是众花争妍，明媚耀眼。

傍晚开车出门，路过学校时突降急雨。忽见人行道上一少年，把背上的书包护在怀里，弯腰健步向前奔。我把车停在少年前面的道边，开了窗对少年喊："快上车，我送你回家！"急雨飞进车窗，携着少年感激的声音："阿姨，不用送，我一会儿就到家，谢谢您啦！"我把副驾驶座上的伞递出窗子，少年笑着摆手："这点雨不怕的！谢谢阿姨，再见！"话音未落，少年已继续护着书包，弯腰健步向前跑。

周末逛北京，冒着细雨寻访老胡同。曲径通幽的逼仄里，隐藏着历史的厚重，上演着现实的蓬勃，弥散着生活的气息。在作家林海音童年居住过的南柳巷，骑自行车的中年汉子对后座上的女孩儿说："雨落在脸上，是小雨滴想亲亲你。"幼小的女孩儿，仰起白胖的小脸儿，漫天零零星星的春意，便全扑入黯淡的巷子里。

如果用一句话诠释春意，我想说：春意是一颗婆娑的心。这颗心，题写着对尘世的热爱："艳阳天气，是花皆堪酿酒；绿荫深处，凡叶尽可题诗。"这颗心，带着喜悦婆娑起舞，便让生命之树葱葱茏茏，让生活之花流芳溢彩，让人生旅程花木婆娑。这颗心，即使偶有悲伤，惹得泪眼婆娑，也会化为希望的暖阳，照亮自己，温暖尘世。

俗世烟火是迷人的

◎王太生

俗世的烟火是迷人的。

多年前看过一部电影，一座城从雾气腾腾中醒来，房屋露出轮廓，远处有生炉子的烟，街道上清洁工在扫马路，有人买早点边走边吃，有人骑车匆匆而过，有人在大呼小叫，满是市井之声。一座城，光影斑驳，烟火迷人。

俗世的烟火是迷人的。要不然，在安徽卢村，那样一个小村庄，天色熹微，村庄还沉浸在天青色的透明水里时，怎么已有那么多的人，密密麻麻站在山岗高坡上，看一个村庄从炊烟袅袅中醒来——人们还是迷恋俗世烟火的。

这样就想到小时候，乡下姨妈家土灶风箱生火做饭的场景。每次到姨妈家，总要坐在灶台后面，往炉膛内塞芦苇秆、棉花秆、玉米秆，将火烧得旺旺的。大铁锅里，饭菜被燎得噼啪作响，水汽弥漫，我知道那些烟，会顺着烟囱，逸散到天空。

烟火，作为生活的隐喻，它是与炉灶、食物、器物、气息、痕迹……联系在一起的。

人立风口生炉子，一焰如舌。那些稻草、杂材被点燃，风顺着炉门，呼呼而过，火苗便四蹿。点火生炉子的人在空旷处，他弯着腰，手执火钳，将一只蜂窝煤点燃，并且烧得红彤彤的。一只多孔的蜂窝煤，被点燃，它像是熟透了，火色透明。生好的煤炉，摆在过道、走廊，支一口精锅，适合煨老母鸡汤、猪肚肺汤，食物在锅里咕噜翻腾，锅在翻腾时，水汽四溢。

邻居朱二小，在桥口开一茶水炉子，他每日早晨在天亮前将两大锅水烧沸。水沸时，炉子上方的屋顶上奔跑着淡烟，猛水过后，烟囱的烟，则由浓转淡。炉子前，人们打水、灌水，烟气水汽迷蒙一片。这时候，只能看到朱二小依在大锅木盖旁叼着烟的半张脸。

茶水炉子，又叫老虎灶。我不明白它为何叫老虎灶。大概是一片小铺面，两口大铁锅，一灶沸水，虎虎有生机。

有人说，俗世烟火的迷人，在于它有色彩、有味道、有温度。

曾细品一组老房子的旧照片，老武汉的繁华地——守根里，20世纪20年代的"石库门"建筑虽然破落，晾晒的衣服、被子从半空悬垂而下，老人坐在巷口打瞌睡，放学的孩子快步回家。一栋栋住宅对门而立，大门面向里，往宅内走，天井通幽、堂屋居中，屋内还有楼梯、厨房。房子像迷宫一样，数十年从未更换过的木质老楼梯，泛着幽微的光泽，人踩在上面嘎吱作响……独特的烟火气息，逸散在空气中。

味道是世俗的味道，在那些市井小茶馆里，一壶茶、一碟干丝、一碗面，包子点心，热气腾腾，谈天说地，碗与盘碰撞，汤水四溢。

俗世烟火是迷人的。因此，明代文人张岱，说他好烟火、好梨园、好鼓吹、好古董、好花鸟……这样一个充满情趣的人，身上沾满那么多的烟火气，又有着那么多的与众不同的特质，带给人们无尽的美好遐想。

俗世的美食，让人们爱烟火，更爱生活。俗世中的美食，有许多是由烟火熏出来的。徽州老房子里那些悬挂的腊肉、香肠、腊鸭、腊鸡、红辣椒，沾着老宅的烟火气。烟火烘熏，使食物本身弥散的一缕烟气，自内而外发散出食物的醇香。

有个朋友，是个摄影大师，这几年拍了许多古镇赶集的照片。他的作品中，有卖钉耙、锄头、铁锹等农具的小商贩，有捏面人的手艺人；露天摊头卖面的老板一边舀汤，一边招揽顾客，汤勺翻转，呈一条银亮的弧线；有家老理发店，墙面刷着石灰水，铜面盆里水汽袅袅，一老者正仰面躺着刮胡子；卖香花藕的，粗柴火塞进红泥炉灶内，火苗四蹿，一锅子的藕，随着水汽沸腾在颤动。

朋友说，单纯拍摄烟与火，只是一团或一缕那样的几何图形，而这些附着于器与物上的，才是看得见、摸得着的人间烟火，是渗透在岁月里的痕迹。

满城烟火，满城灯。席慕蓉的文字中，两个恋爱的中年男女站在山顶遥看城里的万家灯火，眼睛中充溢着对俗世美好生活的向往。

林语堂晚年也对这俗世里的烟火生活充满留恋，他想到自己来日无多，却还有那么多的炫丽在身后天幕上缤纷绽放，还有那么多的美好，那么多的眷顾，便割舍不下。想到这些，他黯然神伤，情难自禁，身体颤抖，泪流满面。

　　人在俗世，烟花那么远，烟火那么近；烟花那么冷，烟火那么热。

童年那些卑微的梦想

◎王　纯

　　参加一场聚会，席间大家不知从什么话题，绕到了各自当初的梦想。

　　有位朋友说："我小时候最大的梦想是到城里看大门。我们村有个在城里看门的老汉，经常赶集买肉吃，看上去很有钱。他是正式工人，因为腿脚有毛病才看了大门。我妈对我说，好好上学，考到城里去就好了。我以为，考到城里就是去看大门。这个梦想激励着我刻苦学习，后来一步步走到今天。"这位朋友如今在广州做箱包生意，事业有成，积累了可观的资产，算得上佼佼者。

　　还有位女性朋友说："我小时候最大的梦想是在服装店里卖衣服，我从小就喜欢漂亮衣服。如果卖衣服的话，可以选最漂亮的衣服穿。人穿上漂亮衣服，立即就像公主一样超凡脱俗了！后来，漂亮衣服一直指引着我往前走。"这位朋友如今在搞服装设计，成绩不俗，在她们的圈子里小有名气。

　　大家讨论一番，得出一个结论：小时候的我们，根本就是燕雀嘛，没有鸿鹄之志，没有远大抱负。虽然大家在作文里会煞有介事地写下"我的理想"，编造出不属于自己的"高大上"的理想蓝图。但内心深处，我们只有一个小小的梦想。我们像一只只笨笨的蜗牛，有着最卑微的梦想。

其实，除了像周总理那样了不起的人，会立下"为中华之崛起而读书"的壮志，大部分人都是凡夫俗子，所以我们的梦想也是那样卑微。

我想起作家莫言曾说过，他小时候的梦想就是一日三餐都能吃上香喷喷的饺子，再就是想娶石匠女儿当老婆。这个卑微的梦想，激励着他朝着作家的方向努力。

电影导演张艺谋也说，他当时报考北京电影学院，并非由于怀着为中国电影事业奋斗终生的理想，而仅仅是为了获取改变身份的大学文凭，以便在毕业后能当上一个专业摄影师，开一间照相馆。

很多人都是这样，并非早就有高远的梦想。人生之初，我们还处在懵懂阶段，再加上环境的限制，很难有长远的眼光。年少时，我们对自己的定位只能局限在特定的境况中。我们童年时的梦想很卑微，以为自己就是一只小小的麻雀，不会飞得太高，也不会飞得太远，只要能够有一个栖息之地就够了。不过，人生的天空太广阔了，生活也总会给我们无数次机会，而人的潜能又远超过自己的想象，所以我们最终会飞到哪里，连自己都很难想象。

当我们历练出有力的翅膀，像鸿鹄一样翱翔于蓝天时，再回过头来，想到自己当初那个卑微的梦想，不禁莞尔一笑。我们会觉得，那个梦想那么可亲可近、可喜可爱。

　　是的，那个梦想不遥远、不缥缈，踏踏实实。正是这个卑微的梦想，有着抛砖引玉一样的作用，指引着我们走得更远，飞得更高。

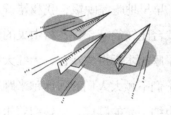

姥姥门前看大戏

◎李海流

　　小时候，我非常喜欢去姥姥家，不仅因为姥姥、姥爷非常疼爱我，还因为姥姥村里每年都在村子中央的大槐树旁搭一个大戏台，请一个小剧团到村子里来唱戏。而像我一样大小的孩子，最喜欢的事情就是跟着大人一起看戏。

　　夕阳已经落下，早早地吃完晚饭，我和姥爷、姥姥一起来到村中唱戏的地方。戏台比较简陋，设在村中央的大槐树旁，粗大的杉树支撑台架，厚厚的木板搭成戏台，大红大绿的绒布围成布幔。戏台上，小孩子们不顾大人们的呵斥跑来跑去。台下更是热闹，妇女纳着永远也纳不完的鞋底；姑娘织着永远也织不完的线衣；大爷们说着永远也说不完的收成。场院上人声鼎沸，不远处卖冰糖葫芦的、卖油条麻花的、卖瓜子饴糖的商贩一字排开。

　　天渐渐暗了下来，人越聚越多，鼓越敲越起劲，灯光越来越亮。噼里啪啦放了一阵火鞭，预示着春节演戏正式开始了，终于等到报幕员出来，戏台上大幕拉开了，铿锵的锣鼓打起了，大幕一启，梆子声起，但见台上你来我往，花红柳绿。一时咿咿呀呀，一时白袖翻飞，铿铿锵锵，煞是热闹。戏台上咿咿呀呀地唱着，胡琴吱吱扭扭地响着，锣鼓铿铿锵锵地敲着，下面的人群叽叽喳喳地议论着。

戏台下，我们全神贯注、聚精会神地瞪着眼睛看着，眼睛与心，皆受那戏台上的一举一动所牵引。戏里，才子佳人历尽磨难终成眷属，无不叫我们为之揪心和激动，有时会情不自禁地流下感动的眼泪。这时姥姥抚着我的头说，台上是疯子，台下是傻子。唉，他们不疯魔不投入不出活儿，我们让他们的疯魔赚了眼泪，为不相干的人们吧嗒吧嗒地掉眼泪，不是傻，又是什么？我泪眼婆娑地回过头去，看看姥姥，她也早是泪眼一双了。

清月，在寒霜之中越升越高。整个村子尽在绵软柔和的清辉之中。我们把双手笼在袖管里，我们把脸蛋藏在瓜皮帽里，我们团团把戏台围住，口鼻间呼出的热气环绕四周，久久不愿散去。那些故事，怎么能说散就散了呢？有情人终成眷属之后呢，就没有故事了吗？我还要看，看他们是不是和普通人一样，生儿育女并生老病死。

月就要西斜，戏台的故事还没有完。他们真要把故事如生活般一幕又一幕地演下去吗？我不知道，我只看见，好多的小伙伴已经睡在了姥爷或父亲的肩头。我趴在姥爷的肩头，眼睛开始与眼皮打架了，为了把后面的事情弄明白，强忍着在那里静静地等待。戏台上，你来我往地闪转腾挪，怎么看怎么像涸在一处的水墨画，再也分不开了。姥姥说，夜深了，回家吧。我说还要看，要把戏看完。话未说完，人已经倒在姥爷的肩头了。

有风，还有姥姥的小调，将我从姥爷的肩头唤醒。我望着月光下通往姥姥家的小路，弯弯曲曲，连着已经曲终人散的戏台，孤零零的，卧在姥姥门前场院的中央。睡眼蒙眬，总是让姥爷把我背回家。到了家，姥爷将我放下，姥爷和姥姥四只眼睛黑亮黑亮的，瞪着我，"傻小子，想什么呢？"想什么，我没有回答，因为自己也不知道想什么了，只觉得耳朵里有各种嘈杂的声音，不知名的，却枝枝蔓蔓，在脑海中翻腾。

20世纪90年代，剧团解散，乡间便少了"姥姥门前唱大戏"的景观，它成了乡村一道奢侈的风景，也成为农闲时节挂在乡亲们嘴边的一声叹息和心底的一段甜美回忆……一方水土养育一方人，水土不仅滋润着生灵，浸润着血脉，更塑造着地域性格和大众艺术。或许是从那时起，我便迷上了戏曲，因为我喜欢戏曲多彩的服饰，喜欢戏曲漂亮的动作，喜欢戏曲优美的旋律，喜欢戏曲酣畅的唱腔，喜欢生旦净末丑，喜欢京评豫越梅，喜欢戏曲的一切……一种岁月越老越弥足珍贵的回忆。

别 在 意

◎黄发艳

　　人与人之间，可以近，也可以远；情与情之间，可以浓，也可以淡；事与事之间，可以繁，也可以简。不要苛求别人都对自己好，不要苛求别人都对自己不计较。生活中，总会有人对你说三道四，总会有人对你指手画脚。

　　学会不在意，约束好自己，把该做的事做好，把该走的路走好，保持善良，做到真诚，宽以待人，严以律己，其他一切随意就好！

　　一份好的感情或友谊，不是追逐，而是相吸；不是纠缠，而是随意；不是游戏，而是珍惜。

　　浓淡相宜间，是灵魂的默契；远近相安间，是自由的呼吸，是距离的美丽。

　　可以肆意畅谈，也可以沉默不语，因为心懂；可以朝夕相处，也可以久而不见。

　　走过的路，脚会记得；爱过的人，心会记得！

　　路，不通时，选择绕行；心，不快时，选择看淡；情，渐远时，选择随意。有些事，挺一挺，就过去了；有些人，狠一狠，就忘记了；有些苦，笑一笑，就冰释了；有颗心，伤一伤，就坚强了。

今天再大的事，到了明天就是小事；今年再大的事，到了明年就是故事；今生再大的事，到了来世就是传说。

我们最多也就是个有故事的人，所以，当生活中、工作中遇到不顺的事，对自己说一声：今天会过去，明天会到来，新的一天开始，放下所有一切。

人生就像蒲公英，看似自由，却身不由己。有些事，不是不在意，而是在意了又能怎样。人生没有如果，只有后果和结果。命运只有自己掌握，别人掌控不了。成熟，就是用微笑来面对一切事情。

找到一种声音

◎张付华

声音是什么？声音从哪里来？

声音其实是一场风，是一场吹越千山万水，落花人独立，望断天涯路的生命之风；是一场春风化雨，徐徐疾疾，日暮黄昏楼头的温馨之风，它从生命的深处吹越过来。

站在城市夜晚的高楼，遥望星星闪闪烁烁的家园，回望五彩斑斓的灯火，点亮心中那盏壮美华灯，漫天的遐思与声音从生命的高处与崖石的断层激越而来。

虽没有金戈铁马的壮怀激烈，也没有金帛撕裂的怆然，更没有小桥流水人家的欢欣雅致。但它奔向一种人生的高度，奔向一种展望未来的希冀。

无论是昨日的悲欢离合，还是今日的喧嚣与繁华，尘埃似梦，乡愁如旧。唯生命如一条河流，潺湲不息。而河流里每一种喧嚣、跳动的声音，每一个发音都是河流里游动的一条鱼，跳跃着渴求与期盼以及苦苦的追寻。

生活用一种真实、坦荡，一种质地优良的元素构成今天或未来，憧憬或希望。尽管饱含苦难、艰险，道路迷茫，但始终有一种不屈不挠的奋进，有一种声音在前方引领着我们行进。

几年前，我从内地跑到沿海去谋生。

　　刚去时，每天头顶烈日，穿过工业区的大街小巷，来回奔走。问遍一家又一家工厂，甚至从一个城市辗转到另一个城市。

　　南方的骄阳晒得人发晕，更不要说黑不溜秋，活像从非洲来的难民。还有更可恶的是那些被拒之门外的冷言冷语、嘲讽，让人倍感失败和绝望。

　　日暮黄昏，回到暂时栖身的民房里，一股难言的酸楚泛遍全身，脚上长满了老茧，而钱包里有限的纸张一天天迅速减少，吃穿住行哪一样不要钱？没有钱是万万不行的。独自在异乡的孤寂与荒凉时时袭击着我的内心。

　　家里的父母牵挂，打电话说："回来吧，别在外面强撑。"那一刻我泪流满面，有谁知道一个落魄失意的男人内心的万丈巨涛？有谁知道一种绝望后的背水一战……

　　有时，又想想，何苦呢？我究竟为了什么？难道非得留在沿海打拼吗？我的人生目标是什么？一个人该怎样才活得明白，才不失在人世走一遭？也许什么都不是。

　　其实，那只是一种生命的抗争，一种生命永不放弃的向上精神。不在尘世中沉默，就在绝望中爆发，说得多好哇！

　　上帝关闭一扇窗，也同时为你打开了一扇门。几天后，我凭着坚持、执着，终于找到一份工作，在一个毛织品集团做一名基层管理者。在这个集团，我一待就是三年，除了兢兢业业地工作，我还在业余时间努力创作。我的作品先后在报刊上发表，获得广东省总工会十八大主题征文奖，同时也加入了当地市作协。这都是一步一个脚印，一步一步扎扎实实打拼出来的，没有任何水分、投机取巧可以掺杂。

人生如棋，世事如局。每个人都是尘世中的一粒棋子，摆在什么位置不重要，重要的是你如何唤醒生命中那场徐徐疾疾的风，在落地生根时找到一种真实、真我的声音。

见字如晤

◎石 凌

近日，得到友人惠赠：两本新书、一条寄语、一封素笺。书是友人用心血熬成的，自是贵重无比。寄语写在宣纸上，"文学无疆"——既是他的文学追求，也是他对我的勉励，黑色的汉字带着他的体温，红色的印章透着心的热度。尤其是素笺，带给我的不仅有惊喜有感动，还有清凉。问候、祝福，我的名字、他的名字用小楷写在宣纸上，是一种异样的感觉，仿佛我们的手越了三千多里的路程紧握在一起，心与心之间的距离一下子近了许多。

见字如晤！见到书者亲手写的字，就像见到了本人一样亲切。手书，是带着书写者气质、个性，甚至血性的礼物。在这个飞速发展的时代，一个人坚持亲笔给友人写信，肯定是怀了十二分的亲切与审慎。一个人在互联网时代还保持着用手写信的习惯，证明他的内心还在坚守一些属于自己的东西。

捧读友人的短信数遍之后，我开始反思。已经很久了，我没有收到过用笔书写的信，也没有用笔给别人写过信。大凡需要说的事情，要么电话，要么QQ，直截了当。不便于当面说，或三言两语说不清的，也得写信，但发的都是电子邮件。每每读到那些规范的印刷体，从不会产生"见字如晤"的感觉。统一排版的文字固然也能表情达意，但总有隔膜感。

友人的亲笔信仿佛一把钥匙，为我打开了一扇门。一些久违的面孔与声音隔了遥远的时空再度亲切起来。

二十多年前，我就读于地区师范学校。那时，与家人、友人、同学之间联系的纽带就是通信。信是一笔一画写成的。心情好，笔下就流利，字迹龙飞凤舞甚至张牙舞爪；心情差，笔下就滞涩，字迹就不连贯。笔迹不可模仿不可复制，亲笔信很难掩饰书写者内心的真实感受。笔迹还能透射人的健康状况，身体健壮者，书写大多笔力重，如刀刻。身体多病中气不足者，字迹大多歪歪扭扭大小不一。不仅是笔迹，书写的格式与书面的布局也能反映出很多信息。心情开朗，对未来充满希望的人，书写时往往把纸向右抬起，一张纸写到最后时左边用完了，右边还有大片空白。心情抑郁，灰心失望的人，书写时往往向右落下。

收到一封亲笔信的感觉与收到一封电子邮件的感觉大不一样。读书、教书的最初几年，我一年能收到近百封信，自然也写了近百封信。家人、友人不在身边时，就一封接一封地读他的信，读到捧腹大笑、读到泪流满面、读到会心微笑……读着信，就像与他面对面亲切交谈一样，他的表情甚至他的心都是透明的。有些信读了又读，一直读到信封破烂，纸质发毛还不忍心扔掉。有些信总在夜深人静时一个人读，一遍又一遍……那时相信，这些信直到天荒地老也要读也要保留，一直读着，伴我走过艰难岁月，被我带进坟墓，与我一同化为泥土。这样的情景持续到电子时代到来，心也渐渐坚硬如石头。

友人这封素笺不长，却像一股清流，化开了淤积在我胸口的泥沙。回归自然，还原本色，简单生活！

这样想着，一位老大姐的面庞清晰地浮现在我眼前。去年秋天，我去北京参加一个活动，与天津作家李秀云大姐同居一屋。论年龄，李大姐比我母亲还长三岁，但她对生活的热情使她浑身洋溢着青春的气息，她同意我喊她大姐。天津离北京近，李大姐常常到北京聆听各类人文学术讲座，那份求知若渴的热望感染了周围很多人。同住的日子里，我们谈读书谈人生。遇到李大姐没有读过的书，她会用心记下来，说是回去一定要买来读。分别前夕，我们相互留了地址。李大姐让我回去后一定写信给她，我有什么困难可以向她求助，读书心得也可以与她交流。我当时答应着，回来后一忙就把这事忘在了脑后。前几日，突然收到李大姐的散文集和一封亲笔短信，热流一下子传遍我的全身。

见字如晤！我应该振作精神给李大姐回一封亲笔信，写下每一个带着自己体温、气质与血性的汉字。

让日子如同纸烟灰

◎段奇清

年少时，寒暑假天天闭门练书法，两三年后，便有了一些长进。用奶奶的话说，"清儿的字不再伸胳膊蹬腿的，也是有模有样了"。那时父亲让我练柳公权的《玄秘塔》，看到自己写出的字果然还有些柳体的韵味：内敛外拓、紧密、挺劲，我虽表面上不动声色，内心却如那些柳体字，剑一般满满的硬气了。

然而，毕竟年少稚嫩，所谓的硬朗只不过如质量不好的墨块一般，只要经水一泡就软乎乎的了。一天，父亲让村里的木匠师傅做了一根扁担，要我在上面写上我的名字。在家乡，扁担、箩筐等工具用毛笔写上主人的名字，这样的事以前都是由村中本家叔公人们称作"老先生"的来做的。每当我看到"老先生"戴上眼镜，在门前亮堂处挥洒自如地运笔，而后刚劲中含秀润、圆厚中见锋利的字，氤氲着淡淡的墨香呈现在眼前时，一股敬佩之情便油然而生。我拿着木扁担想，一定将这字写好，也要让乡人们将佩服的眼光投向我。

然而，当我要写了，握毛笔的手却似乎僵硬了，写着写着，手竟然又微微颤抖起来。本想写得生动一些，一笔一画却如一些干枯的树枝；本欲写得平稳一些，那些字却宛然一个个醉汉，身子倾斜，步履踉跄。叔公写了字的扁担，人们拿在手里，因为那字清新劲健，人也会神清气爽，担起担子来力气也似乎倍增了。而我写了字的这根扁担，不说去担东西，就是将它拿在手上，也沉重得厉害！

最终，我没敢将那些字予以保留，而是找了一块瓷片，把那些字全部刮去。由此灰心丧气地以为，自己实在没有帮乡人们在扁担、箩筐等工具上写字的能力。

这件事过后不久的一天，我走进了"老先生"的家，适逢叔公正在一根扁担上写字。看到那苍劲有力的字，我不禁脱口说道："叔公，您的字写得真好！"叔公把写好字的扁担平放好，我知道那是以便让浓郁的字迹晾干。叔公转过身来问我："还在练毛笔字吗？"我不好意思回答，因为那时已经不练了。叔公却对我这些年来坚持练字的事予以称赞，并说："你爸已对我说了，你的毛笔字应该说已拿得出手了。这次在扁担上没写好，那是你过于紧张。"

叔公大约是刚刚会过客人，屋子里还有着一股淡淡的纸烟味——叔公自己是不抽烟的，他那是用纸烟招待过客人。这时，叔公指着书桌上的烟灰缸对我说："你今天来到我这儿，叔公有一句话送给你，记住，'你一定要像烟灰一样松散'。"见我不解，叔公又说，"你把烟灰缸拿动一下。"

当我把手伸过去时，还没接触到烟灰缸，那缸中的烟灰就飞了起来，如同翩翩起舞的小精灵。叔公又说："你看这烟灰，松松散散，几乎没有重量，也没有固定的形状，它们随意地趴在那里，好像一点儿也不在意自己的存在。其实，烟灰中蕴藏着许多精灵，它们就像高度警觉、机敏的蝶儿，当有一只手或一袭衣角轻轻拂动，哪怕是带起微微的风，甚或只是嘴角极轻微的翕动，它们都会不失时机地腾空而起。它们的力量来自放松，来自一种飘扬的本能。"

我点了点头。叔公伸出手来，拍了拍我的肩，说："不要灰心沮丧，心要像纸烟灰一样放松。这样，一个人付出的任何心血，都能御风而行，飞扬起自己的一片天空。"

尽管后来我的兴趣又转向了写作，书法最终也只是刚刚入门。可叔公的话让我明白，放松如神，无论做什么事，只要放松，就如同有神助一般。比如考试的时候，放松了，智慧的大鸟就能"抟扶摇而上"，高高飞扬的思绪能轻轻松松搞定所有试题。

让日子如同纸烟灰，燃烧和火焰只是曾有过的经历，在燃烧过后，便是安静、放松。由此，在哪怕只是微风一样的机会来临时，人生事业都会乘风而起，释放出全部的潜能，在阳光和春风中吟唱着骄傲的歌！

落月摇情古槐梦

◎ 胡安运

梦中，那棵古槐就站在月光里，宁静、安详。宁静中，那是一种很动人的景象；安详里，它是那样令人喜欢、令人动情，让人怀想、让人情思绵绵。

它就站在老屋后、站在石井旁、站在老街中，与你息息相通，与你心心相印，也与身边粗陋的老墙和简朴的井台同沐风雨，荣枯与共。

这古槐，曾是我们古老村庄的绿色符号，曾是村人心里梦里的古老神话，曾是三村五里农人们的天然地标。一提老槐屯一说老槐庄，几乎无人不晓。它的年龄连辈分最高的爷爷辈也说不清，它生命的履历很可能就是一部乡村部落的传奇。打我记事起，它就以老槐的姿态枝叶葳蕤地站在街心，护着老井，春泼一地绿荫，夏响一树蝉声，秋冬或摇满院金色，或落一院疏影。有时它平静作声，有时它起伏如潮，有时它热闹非凡。

在我的记忆中，老槐一直是一棵特立独活的树王，就它自己突兀街头毅然而立，一年又一年，总是昂首向阳，总是独对风雨。据老人说，它被烈马咬过、被大车撞过、被斧头砍过、被野火烧过，九死一生，依然独活，像一个穿越时代硝烟独闯世界的英雄。英雄都是孤独的，老槐自然也不例外。春天没有一树繁花笑语，夏天不会招蜂引蝶，在孤僻的乡野，自然引不来文人墨客的青睐。人说五月槐花飘香，不是老槐，那是另外的一种槐树，开花洁白如同落雪，花色鲜艳、花香清幽、花枝多刺，很是惹人怜惜。在清贫的岁月里，刺槐花因甜腻的香气而几乎被村人一扫而光，留下伤痕累累的树干独自哀伤。

而这老槐就以朴素的细叶、横斜的虬枝，独对村人远远近近、闪闪烁烁的目光。没有了虚华的负累，没有了耀眼的诱惑，才能够这般坦然地站在月光里，枝叶扶苏，哲思深邃，像一位月光下的世纪老人。月光清洁，老槐清静，明月与老槐深情私语，月光与老槐身心交融，正如经历沧桑的老年恋人互诉衷肠，这就让我想起村庄里那些深入人心的美丽传说——关于七夕鹊桥、关于灵魂化蝶、关于美丽天堂，他们像一页页神话都在月光里醒着，遥遥地望着眼前的这个古老的村庄。

古槐在村里还有一个俗名，叫臭槐，就像人们为孩子起一个贱名好养活，其实它一点儿也不臭。我想，这也许是相对于刺槐的花香而言的，同是一个槐字，而内里本质却有天壤之别。而我们的古槐毕竟是古朴的。春天它抽出圆卵形的细密翠叶，秋天它结出花蕊似的小巧的籽实，郁达夫在《故都的秋》中曾动情描写过的那种似花非花的小小颗粒，这多情的颗粒，晾干入药还有很大的药用价值。而在故乡，却没有几个人真正识得它的用途，秋天来临就随风飘落，落入地沟混入泥土成了滋养草木的肥料。

不管怎么说，老槐树毕竟带给村庄很多宝贵的东西。那时，春秋月夜，老槐之下就是我们童年的乐园。叶子正翠的时候，就随手卷起一片含在嘴里，不时吐出一串清脆和谐的旋律；善于攀爬的小子就像猴子一样，手脚配合"哧溜溜"就爬上高枝，坐唱一段"李玉和"；有的在月影中的井台上，玩起了胶泥，把泥屋摔得嘭啪有声。老槐就是一把绿色的大伞，为我们遮蔽着沁凉的夜露，遮挡着料峭的冷风。月光携着寒露洒在树叶上，透过枝叶漏到井台上，渗进泥土里，也渗进生命的圈圈年轮里。月光里，我们感到了老槐的清明、厚实与亲切，它就像四季敞开的母亲的怀抱，随时准备把我们揽在怀里，给我们依靠，给我们温暖。

　　夏日炎炎，老槐树的浓荫就给了村人一个生活的舞台。绿荫下，你打上一桶清凉的井水，给拉车忙碌之后的老黄牛一次痛饮，"咕咚咕咚"的牛饮声，印证了一个时代的生活节奏；汗流浃背劳碌了一个晌午的村人，逮住一桶凉水就迫不及待地学起了老牛，把头插进桶里一阵咕咚有声，也是节奏分明，那就是生命特需的"可口可乐"呀；贫穷的年月，那里就是一片独特的绿荫，老槐就是一棵热闹的老树，那就是一段一目了然的简洁无瑕的时光。

　　贺铸有一首诗叫《老槐》，其中有几句是这样写的："老树久枯秃，俯临清路尘。曾无席地阴，庇暍及斯民。"为老槐的枯萎衰败而叹惋，为老槐青春不再绿荫不存而忧心。他是一位多情的诗人，也是一位善感的词家，其文字温婉深挚，很是动人。

他笔下的老槐不如故乡的健硕丰茂，也不如我梦里的老槐深情有意，富有人情与灵性。故乡的老槐虽不立于高高的山头招风引雨，却能以独特的风骨神韵给人很多意外的惊喜。

老槐的胳臂上挂着一个铁钟，铁钟雷鸣，曾惊醒一村人的睡梦；老槐的头顶上悬着一轮圆月，花香月圆之季，也一定能送你走进另一个美丽梦境；枝头挂上红红的灯笼，随着鞭炮声声锣鼓阵阵，那一定是村庄谁家又有了飞扬的喜庆；在没有电灯的时代，月色迷离的夜竟是这样的温馨宁静。人们在树下开大会，喊口号，抓革命促生产，备战备荒为人民；人们在树下听大戏，《沙家浜》《红灯记》《智取威虎山》，戏戏入迷，如醉如痴。

冬天来时，独立的老槐，枯叶落尽只剩下赤裸裸的枝干，这时，生命的脉络清晰可鉴，有铁树一样的孤傲和执着。它不曾有过耀眼的繁华，即便有过也是青涩而内敛的，放在手中也是极其普通的小小颗粒；待一个银装素裹的世界来临，它也会在月光里、寒风中，在平平仄仄的吟诵中做一个梦，一个青春盎然的梦，一个阳光灿烂的梦，一个美丽富足的梦。

然而，站了一个世纪的老槐终于在一个春天倒下了。倒下，就永远地离开了老街老井和它曾守护的老屋，是做了烧火的木柴，还是打了生活的座椅，谁也不得而知。老街改建，新房林立，那些老树老墙不得不让出自己的位置，以免挡住了未来生活的道路。

如今，那始终不弃不离站在老街中的老槐，就只能在另一个梦里与我相会了。这些诚实、淳朴、染着泥土气息的乡树，在我生命的年轮里，都刻下了时光抹不去的烙印，我的思想、我的心情、我的哀乐，大都与这老槐的圈圈年轮融在一起，似乎变成了它身上的一个枝条一片绿叶，在每一个洒满银色月辉的夜里倾情摇晃。

永远不要羡慕别人

◎陆　颖

朋友圈里热传的一个小视频，看了以后颇有感慨。

镜头从一双脚上张了嘴的鞋子开始，它们在前后晃动着，鞋子上方是破烂的裤脚，伴随着晃动的鞋子，刺耳的嘲笑声不绝于耳。紧接着镜头往上移，滑过膝盖处破着大洞的裤子，最后定格在一个八九岁的金发男孩脸上，他孤单地坐在公园的长椅上，满脸沮丧失落，这一定是一个穷人家的孩子，因为自己破旧的穿着，受到了太多的侮辱，所以才会落寞地一个人在公园里游荡。

坐累了，他从长椅上下来，漫无目的地在公园里继续走。最后，他在另一张长椅上坐了下来。长椅的另一端，坐了一个跟他年纪差不多的小男孩。那个男孩衣着光鲜得体，脚上的鞋子更是崭新漂亮，在明亮阳光的照耀下，他看起来是那样富裕、那样幸福。

那个穿着漂亮鞋子的男孩，友好地冲他挥了挥手。

衣着破旧的男孩打量了一下对方的鞋子，再看了看自己脚上的破鞋子，转身默默地走开，躲到了一棵大树后。他觉得生活不公平，为什么自己的命运如此悲惨，而别人却是那样幸福。他希望自己能像那个富家小孩一样幸福。最后，他闭上眼睛开始祈祷：我想像他一样！

　　当他说到第三遍的时候，奇迹出现了！他居然坐到了长椅上，身上是刚才那个男孩的衣服和鞋子，梦想终于成真了，他感受到了巨大的幸福。而远处那棵树下，那个男孩穿着破旧的鞋子，在树下欣喜若狂地奔跑。

　　正当长椅上的男孩在欣赏自己漂亮衣服的时候，一位老妇人推着轮椅走到他跟前说："对不起孩子，让你久等了。"他愣住了！原来刚才穿新鞋子的男孩他的脚不能走路，只能依靠轮椅。

　　视频的最后一个镜头是，那个终于穿上自己梦寐以求的衣服和鞋子的男孩，坐在轮椅上痛苦地哭泣。

　　当你羡慕别人的时候，别人可能在羡慕你，每个人的人生都没有可比性，所以永远不要羡慕别人的生活，珍惜自己所拥有的，那样你才会发现幸福生活的真谛！

第一部分

只记花开不记年

十万残荷

◎顾晓蕊

又是一年凛冬到，山寒水瘦，我乘车穿过半座城，去湖边看荷，拍荷。当然到了这个时节，沿着曲曲折折的湖畔，能看到的只剩残荷了。

路上遇见熟人，得知我去拍残荷，大为不解，一脸疑惑，这么冷的天，跑去看枯枝凋叶？我只是笑笑，也不作答，世间事，原本懂得就值得。

倘以为那些残荷，孤绝、凄冷，尽是凋败景象，倒也不尽然。若单看每一株残荷，纤枝枯瘦、孑然如鹤，但十万残荷，一片连着一片，绵延数里，便显得声势浩荡。

算来，我搬来这座小城已二十余年，体会到残荷之美，却是近几年的事。

在葱绿的年纪，也喜欢荷，只是我那时迷恋的，是亭亭而开的荷，绽于碧波之上。"山有扶苏，隰有荷华。"它从《诗经》中迤逦而来，宛若临水照花的仙子。

犹记那年，去江南小镇游玩，看上一件旗袍。青绿的锦缎底子，一朵荷盛绽在裙摆处，令人想起苏轼的那句词：一朵芙蕖，开过尚盈盈。

只轻轻地一望，便被深深吸引了，我穿上它，想去西湖走走。漫步在苏堤上，眺望湖中的荷，红红白白，开得绚烂浪漫，我心里的喜悦一圈圈漾开。

我虽生得寻常模样，好在有鲜亮的青春底子，一袭玲珑旗袍穿在身，便有了风情、有了味道。想来，那时对荷的喜爱，是沉醉于它浓烈、张扬的美。

而今人至中年，越来越喜欢简静的生活，守着一颗简单的心，平平静静、安安宁宁，岁月如此静好。

走过小半生光阴，再看残荷，终是懂得，当繁华落尽，洗却尘俗，它已抵达至简之境。生活的美，不在于曾经轰轰烈烈，而是归于平淡后，那一份宁静从容。

沿着湖边一路走来，赭褐色的枯枝，高擎着残破的叶子，自在地随风摇曳。并非一朵，两朵，百朵千朵，而是十万残荷，恣意地临风起舞，犹如万马奔腾的狂欢。

近观株株残荷，或弯曲如弓，或扑倒水面，或昂然挺立，无论哪种姿态，都是一幅幅水墨写意。它曾有过多妖娆、多盛大，而今就有多苍凉、多萧落。

画坛怪才李老十，独怜残荷，斋号"破荷堂"。他懂荷，惜荷，画荷，与残荷仿若前世的知己，有着灵魂的相通与相吸。他笔下的秋荷、雨荷、风荷、月荷、墨荷，萧素冷峻，独立苍茫，自有一种清净深远的意味。

他有一幅画作《十万残荷》，泅染纸上的十万朵残荷，携着冷瑟的肃杀气息，在你面前铺展开来，充溢着铁马冰河的悲壮。这满目凄荒里，有一种惊心动魄的美。

吴贯中也画残荷，却枯而不朽，凋而不伤，相较而言，我更喜欢他画中的意境。明快简洁的淡墨线条，舒展横斜，虚实有致，勾勒出残荷独有的韵致。

那一茎茎枯荷，萎了，败了，已撑不起昔日的繁华记忆，却又枝叶清朗，傲骨铮铮。一如画家本人所说：想画的已非荷非塘了，而是自己的春秋，自己的风骨。

一代绘画大师齐白石，年近半百才热衷画荷。他笔下的荷，红花墨叶，偶有鸳鸯、蜻蜓、翠鸟点缀其间，热烈、饱满、奔放。即使画的是荷枯藕败，也画面清朗，天真洁净，显现着灵动的气蕴和勃勃的生机。

有人说人生有三重境界，能抵达哪一重，看各自的修为。白石老人的作品中，充满禅味禅趣，不贪、不求、不争、不执，如此圆融平和，已达人生至境。

人活到了一定年纪，是往回收的。不人云亦云，不随波逐流，也无须讨好任何人，只需安心做回自己。以一株残荷的姿态，不攀缘、不依附，在风中、在雨中，站成一道绝美的风景。

我沿着湖畔边走边拍，走出十余里，满目残荷，一塘连着一塘，一片挨着一片，寥落、冷清，宛如一曲悲壮的歌。它们在凄风苦寒中，敛尽光芒，于时光的无涯里，站成永恒。

那一株株残荷，看似枯瘦清冷，却又坚韧饱满，或弯折，或扭曲，蜕变幻化成不同的形态。就连小小的莲蓬，也桀骜、孤高，带着凌驾万物的美，挺立在水面上。

我默望着，心中忽地充满感动。要知道残荷的凄美，何尝不是一种新生，它们在积蓄力量，等待来年的再次盛放。

张爱玲在《倾城之恋》中写道："你年轻么？不要紧，过两年就老了。"还真是如此，仿佛是转瞬之间，青春远去，鬓角白发渐生。

终有一天，我们也将老去。老了，亦无须伤怀，要老得有气韵、有风骨。其实，只要你愿意，依然可以活得优美、精致、高贵，拥有一个气象万千的世界。

那么，你就活成了一株残荷，在寂寂的时光里，努力地绽放，从容老去。既不负光阴，也未曾辜负自己，这样的人生，才算是完满。

披一袭风行走的父亲

◎段奇清

"春风桃李繁，夏浦荷莲间"，有人生命的一缕风是杨柳风，有人生命的一缕风是一缕槐树风，有人生命的一缕风则是一缕荷莲风……奶奶说，我父亲的一缕风是桃李风。

奶奶对我说，父亲还年幼时，就爱在或红或紫或黄的蒲公英花、雪白的地米菜花、粉黄的马齿苋花等摇曳起的一缕缕风中奔跑。那些花身下窄小的田埂，因雨水的淋漓变得极为滑溜，父亲却披一袭风如履平地。

他是到麦地里去觅桃树苗的——被扔在灰塘中的桃核，连同草木灰在麦子播种前被运送到田里，春天一到，几番春风春雨后，桃核便破土长成了小桃苗。

父亲便把它们挖了回来，栽种到门前的菜园里，只三年工夫，挖来时不过半尺高的桃苗就唰唰长得和屋檐一般高了，也开始了它们生命中的第一次开花结果。在我七八岁时，那桃树已长成有几根粗壮枝条的大桃树了。

十岁那年，一天我放学回家，看到菜地里桃树的枝条在动，最初我还以为是风吹动着枝条。可转念一想，不对，其他的树枝纹丝不动，根本就没有风啊！我这才知道是有顽皮嘴馋的孩子爬上树在偷摘桃子呢！我拿了一根竹竿正要去捅那孩子的屁股，忽然一阵风起，原来正在院子里编竹筐的父亲一把拽住了我，说：

"清儿，不要吓着了孩子，你一阵风儿地卷过去，会把孩子吓得从树上掉下来的。"

待到那孩子安全地从桃树上溜下来时，我发现是村西头的小东。这时父亲披着一袭温和的风走了过去，轻抚着小东的头说："它们还没成熟呢，吃了这些毛桃子小肚肚儿会非常痛的。等到它们熟了，让清哥哥帮你摘，行吗？"这时，风吹得桃树的枝条柔柔地摇动着，我想：这风一定是父亲带来的一缕风。

后来，改革开放后，由于父亲擅长种桃，在他的精心打理下，村子里便有了第一个桃园。

村上有一位盲婆婆，我叫她杨四奶奶，后来她的耳朵也听不太清了。夏日，杨四奶奶会坐在村头枝繁叶茂的桂花树下，享受一阵阵清凉的风。

要是父亲去桃林，或从桃林回到村里，离杨四奶奶坐的地方尚有十多步远，杨四奶奶就会说："是清儿他爹来了。"我非常惊奇，问杨四奶奶："您怎么知道是我父亲？"她说："我虽说看不到你父亲的模样儿，也听不准他的脚步声，但我认识他来时的风。他来时的风不快不慢，带着桃树的阳刚之气，却也不乏温顺，还有着桃子的芬芳与甜蜜。"

杨四奶奶是早些年逃荒从外地来到村子里的，对于孤身一人的她，父亲平素总会接济，每到桃子成熟时，父亲会用篮子装些个儿大、脸蛋红红的、直冒着甜滋滋的气味儿的桃子对我说："清儿，把这些桃子给杨四奶奶送去。"

父亲的桃园每年都丰收，不几年我们家也就成了村上的富裕人家。这时有乡亲们也要种植桃子，父亲会选择最好的桃苗给他们送过去。从耘地、下肥，到整垄、栽种，甚或防虫治病，父亲都会手把手地教。

后来，村里要种桃的人越来越多，父亲索性办起了夜校，自编了课本，在一家印刷厂印制了许多本，免费发到他们手中。每到夜晚，一盏盏煤油灯下，有关种桃的技艺，会被父亲娓娓道来，就像一缕缕风穿过千亩桃林，带着桃树枝枝叶叶的甜蜜和光泽，漫过教室的每一个角落，融入乡亲们的心田，催生出乡亲们的美好日子和幸福生活。

不出两年，父亲便是桃李满村庄了，乡亲们一座座或大或小的桃园，都有桃树摇曳满树繁枝于明媚的阳光与和煦的风中。乡亲们富裕了，也不忘帮助困难的人，他们就像一片片枝叶相扶、花朵相映的桃林，借着一阵阵和谐善良的风，让扶危济困蔚然成风。

"风回小院庭芜绿，柳眼春相续"，虽说我离开家乡已很久了，父亲离开我们也已很多年了，但我还会常常回到家乡去沐浴那清新的永远不可忘怀的风，或驻足回望父亲的风。这时，我都能感觉到父亲正披一袭风，依然像当年一样，将他那慈爱温暖的风洒满我的心田。

回到家乡，我也会感受一番自己的风。

　　如今，我自己的风多是穿行在林立的城市楼台中，驻足于婆娑起舞的街道旁丰腴的梧桐树叶上……但它的根就在家乡古老的门环间，在油油亮亮的桃树枝叶间……

定期失踪与墨水便当

◎李丹崖

　　琴棋书画诗酒花，是古代文人的雅事；闲阅纸书忙读报，也一度成为20世纪白领的一种时尚。近年来，电子书逐渐走进我们的生活，这种便携、无损的电子产品，可以把一座图书馆装进一个薄薄的阅读器中，供您随时翻阅。足见，从古至今，阅读，都是人们日常生活中必不可少的一部分。

　　纵观现今的读书者，大致分为三个派别：一是以钻研为目的的求学派，这类人大多通过书本汲取营养；二是以快速浏览为目的的"知情派"，即以追求故事情节为目的的快速阅读者；三是强化纸质书仪式感的精致生活分子，这类人读必阅纸，否则，宁可不读，很多情况下，还会做读书笔记。

　　随着人民生活水平的逐渐提高，读书的物质成本已经不算高了。一本书，大都是十几块或者几十块，阅读速度快的人，一个月买书的支出也基本不会超过五百元，慢的就更少了。然而，随着生活节奏的加快，很多人会陷入各种"忙"中，有时候甚至会没有机会静下心来，用几天或一个周末的时间完整读完一本书。

　　一次看新闻报道，某演员在国外买了一本书，很是爱读，但无奈的是，由于演出的档期排得太密了，一本书仅仅读了三分之一就放在那里，后来，总算闲下来，才想起那本书还没有读完，赶忙去找。然而，待到她找到那本书的时候，吓了一大跳，书页上字迹全部消失了，已经变成了空荡荡的一张张白纸。字也会怕冷落而纷纷出逃吗？仔细了解方知，原来她买的是限时阅读图书，这样的一本书，字迹在三个月左右会自动消失，目的就是强迫读者在规定的时间内把这本书读完。

有的人可能会反对限时阅读，我倒非常推崇这样一种创新方式。古人云："书非借不能读也。"对于借来的书，你势必想着赶紧还给主人，所以，无形中加快了阅读速度，读完一本书的效率在无形中提高了许多。这种"限时阅读"的图书，在无形中给人一种压力，让人想着，我必须赶紧把书中养分汲取完毕，否则，它们就会自动失效，有暴殄天物的负罪感。

与"限时阅读"相对的，是逼迫式写作。现如今，有一种网络码字群体，他们多半是为了完成网络平台要求的每日更新多少万字而努力，于是，一个词成了他们生活的主宰，那就是"日更量"。

我从不觉得写作是挤牙膏式的运动，"刀架脖子上"就能出精品吗？恐怕未必。某知名饭店三星主厨做低温牛排，对时间是尤为考究的，低于四十分钟是等不到一块牛排出锅的，时间太赶了，要么血丝太多，要么焦煳一片，味同稻草。恰当的时间，精雕细琢出来的美味，才能征服人的味蕾，摄人灵魂。把这一道理运用到写作上，依然如此。没有灵感，脑袋空洞，强压式出水，写出来的文章，哪怕篇幅足够，速度也可以，但是，只会被人看成是一篇寡淡的"墨水便当"。

快餐式的作品又有多强的生命力呢？

阅读，从来都是一场时不我待的游历；创作，更是需要深耕细作的一种文字磨炼。"定期失踪"的阅读，可以让我们快马加鞭，在"读万卷书"的路上加紧赶路；"墨水便当"式的写作，则是提醒我们谨防粗制滥造，提醒我们时刻不忘沉下心来，沉到社会生活的汪洋里，做一场华美的文字"潜伏"。

想哭的时候抬头看天

◎王国梁

有人说，想哭的时候，抬头看天，眼泪就不会流下来。

这话真的很有道理，并不是因为仰视的角度阻止了眼泪流下来，而是看到苍茫无垠的天空后，心胸忽然变得开阔起来，瞬间觉得那些能让你流泪的事轻如鸿毛。于是，你冲着天空微微一笑，然后就潇洒地甩甩头，把一切都丢在了身后。

低头走路，偶尔会被坎坷荆棘所伤。抬头看天，就能把伤痛化为无形，继续笑着走向前方。岁月悠悠，人生漫漫，谁都难免遭遇悲伤。沮丧失落的时候，我们总是习惯把头埋在胸前，独自饮泣。可是，泪水流得越多，越容易让悲伤成河，因而走不出阴霾。不如抬头看天吧，看天空博大、看蓝天澄澈、看流云易散、看彩虹绚烂……看着看着，你眼界就开阔了，心胸就打开了。

你有没有长久凝视过天空？天空就在我们的头顶，仰头可见。即使你不看天，天空也在悄无声息地演绎着精彩的一幕幕。天空不会因为你的忽视，就减少一分的精彩。当你长久地凝视天空，会被它的博大深远所折服。都说海阔天空，但大海远不如天空更辽远更深邃。大海只不过是天空覆盖下的一小部分，是大地的一件水质外衣，它再宽广也只是从属于大地。大地的胸怀或许可以与天空媲美，但天空的空旷更让人觉得简洁清朗，没有牵绊，没有挂碍。

久久注视天空，心凝形释，你会觉得自己整个人与天空融为一体，心也轻松畅快起来。天空不空，天空的空不是空荡无物，而是空阔辽远。仅仅是云朵的万千变化，就把天空装点得绮丽多姿。夜晚星空浩瀚，雨后彩虹满天，都算得上天空美丽的风景。如果你仔细观察，还会发现每天的不同时段天空的色彩会有细微变化。天天月月年年，天空一直在演绎精彩的瞬间。

潮起潮落，花开花谢，人生难免起起落落，想哭的时候不妨抬头看天。抬头看天，你会发现，所有的故事都不过是日月轮回中的一个小插曲，所有的悲伤都不过是阴晴转换之间的自然过渡。天空见证了世间所有的悲欢离合，喜怒哀乐。天空是我们眼中辽远的风景，世间事在天空眼中不过是云聚云散一样简单，倏忽间，一朵云就可能消散得无影无踪。天空在上，人海茫茫，人世的一切都不过是白衣苍狗，又算得了什么呢？人世纷繁，所有的事都是浮云一般的小事。

想哭的时候抬头看天，当你挣脱了现实中狭小圈子的束缚，就会像生出双翼一般，飞临理想之境，抵达开阔的天空。当你的衣角贴着蓝天白云飞掠而过时，会觉得自己变成了一朵云，自在舒卷，任意东西。抬头看天，你会发现一个全新的自己。

人总是要自己寻找通往光明和快乐的路径的，抬头看天，视野里简洁疏朗，心境也会通达舒畅。有人说，你之所以不快乐，是因为计较太多；你之所以悲伤，是因为只盯着小小的伤口。是的，一滴墨汁滴入水杯里，水会立即变黑；一滴墨汁如果滴到大海里，大海依旧蔚蓝。同样的道理，一滴眼泪，会在你埋头悲伤时忽然汹涌；一滴眼泪，会在你抬头看天时瞬间飘散。

　　想哭的时候，抬头看天吧！

冷露无声湿桂花

◎付秀宏

　　体贴入微与含而不露是两种相近的人性底色，就像猕猴桃的清凉与被子晒后阳光的味道。

　　体贴入微，怜惜里加了一点淡若清风的自然之法，心意就到了；含而不露，细密中减了一点不绝于耳的聒噪之语，于是风情变得紧致起来。

　　成都一名男性环卫工人想喝杯冰饮，到饮料店中说"要杯最便宜的"。看看最便宜的也得六块钱，中杯，他犹豫了，但因太渴还是决定要。店员姑娘谎称有折扣，四块钱给了他一大杯。这件事被网友发到微博上，不到四天就获得超过一万八千次的点赞。

　　网友们在赞什么呢？赞体贴入微，赞尊重得体。两块钱不多，但折扣掩饰得动人。接受者不损尊严，毫无察觉。

　　贴心的冰饮，凉凉爽爽，有沁人心脾的气息。"体贴"这个词，在这里有一种看不见的亲近感，这种亲切的关怀从心底流出来，却并不用手去捧。

　　张艺谋主演的电影《老井》里有个情节，旺泉想喝口水，巧英却往水中撒了把草屑。看起来像瞧不起人，但巧英后来解释说，天太热了，喝水急了，对身体不好，放点草屑下去，让他边吹边喝。这个含而不露的细节，被称为最深情的细节之一，妙在用心而不言。

在身边还有这样一个例子。教语文的王老师，给学生布置了一个作文题：我的父亲。大黑的父亲在大黑出生前就因煤矿塌方去世了，大黑只写了五十七个字："我不了解我的父亲，但我经常梦到他，他被塌方的土块儿窒息了呼吸。我买的书包、铅笔盒里有他的影子，因为这些物品，都是他用生命换来的。"老师看后，给了他鲜红的一百分。大黑的同桌看到了，找到老师说，自己写了四百字得七十分是不是判错了，老师说大黑的文字里有感恩，你的只是与老爸玩闹。

我欣赏王老师的体贴入微和含而不露，老师不唯字数给分数的做法，给大黑和同桌留下了深刻的印象。这种走入心灵深处的教育，既带有天然的清香、雅韵，又具有心为之魂牵梦萦的深度和内涵。

你是什么，你就能看见什么。你有多深，你就能看见世界有多深。一个人带着体贴的心、带着爱，无论去做什么，本身就是一种风景。

体贴入微与含而不露都含着淡淡的绿意，不像大红那么扎眼，它们淡蓝、通透。当善解人意倒映在碧水潭中，这般光景的水，就变得那般谦逊耐读。夜渐渐深了，清冷的露水，正悄悄地打湿庭中的桂花。

沉默的海绵

◎朱成玉

　　我愿意做一个沉默的人，沉浸于自己的内心，寻找不一样的光亮。

　　王小波说，我选择沉默的主要原因之一是，从话语中，你很少能学到人性，从沉默中却能。假如还想学到更多，那就要继续一声不吭。

　　很多时候，人沉默不是因为不善言辞，而是不愿言辞，他们其实洞悉着一切。沉默的人像海绵，吸纳光，吸纳暖，吸纳别人的悲欢。某一天，那些光就会变成美好的文字，那些暖就会变成跃动的音符。

　　张晓风曾写过一篇文章《在D车厢》，写她和家人一起去英国玩，他们的火车在众车厢中有一个特别的D车厢，是个很安静的车厢，不许说话，不许制造噪音，非得说话可以传纸条。我心想，真是太好了，我可以想任何事情，写任何东西，一点都不吵。车厢里的每个人都有绝对的安静，绝对的自我。

　　这种设计很是令人称道！旅客买的是座位，但很可能他也希望同时买到属于这位子的宁静，做人很难一天到晚都不言语，但在坐火车的这段时间，可以选择片刻安静是很好的。

车厢里，人们或埋头读书，或闭目思考，或托腮望着窗外，每一个人都是一块沉默的海绵，吸纳着宁静世界里的光。

"冰山在海里移动很是庄严宏伟，这是因为它只有八分之一露在水面上。"这是海明威的"冰山理论"。冰山漂浮在海面上的时候，我们只能看到它露出水面的一小部分，可是在水下，却潜藏着巨大的山体。海明威以此比喻写作：作家有八分之七的思想感情是蕴藏在文字背后的，真正通过笔端表现出来的，只有八分之一。如果作家能够处理好这一点，读者就能强烈地感受到这八分之一背后的沉默的力量。

在生命的天空下，沉默的、伟岸的冰川，正在缓缓移动。

从上帝的视角看，我们几乎是一样的，像工厂的流水线制造的物品一样，千篇一律。你看，这多么需要与众不同的灵魂。但多少人，身体露在阳光之下，灵魂却被关押在黑屋子里，所以，每个人都应该去追寻自己的黄金时代，发光散热，而不是趋炎附势从而迷失自己。一种动物总想着吓唬别人，于是就长成了蟾蜍、长成了蜥蜴；另一种动物总想着取悦别人，便长成了孔雀、长成了百灵。有一天，我发现我真的喜欢上了静默，就算与山风为邻、雨露为伴，我也能拥抱山风的清，舔舐雨露的净；真的走近了霓虹转舞的道场，我亦能不言不语地道破欢喜。

生命时而奔放，时而缠绵；时而眼波间物欲横流，时而心湖上一叶惊秋；时而痛不欲生，时而歌舞升平；时而愤世嫉俗，时而刻意伪装……理想重，所以千折百回；爱情重，所以焚心痴狂；事业重，所以忍气吞声；亲情重，所以省吃俭用；金钱重，所以蝇营狗苟；友情重，所以顾此失彼。因为重而担当，因为担当而享有，因为享有而丰富，这是一个人对自己内心最大的开发。承受那些重，接受那些苦，忍耐那些痛，只为了生命的花园里，要开出不同寻常的花。

人过中年，似乎已没有了力气去为某件事热烈地争辩，也不再有什么事值得去逞一时的口舌之快，终于懂得了云淡风轻的好，亦懂得了在喧嚣中独善其身，去做一个沉默的人。沉默的人，心中必然藏着深深的一片海。

春末碾转香

◎张君燕

　　《论语》有云："不时不食。"说的是吃东西要应时令、按季节，到什么时候吃什么东西。碾转就是这样一种时令之物，不到特定的时节，想吃都吃不到。与一些可以望字知义的吃食不同，碾转明显"高冷"一些，仿佛戴着面具的美人，你无法通过它的名字猜测它的食材、做法等基本信息。如果没有提醒，你甚至不知道这么两个看起来与食物毫不沾边的字眼竟然是一道不可多得的美食。

　　碾转是由未成熟的小麦做成的，食材上的限制让它只能在某些区域内流传。准确地说，碾转是北方（小麦主产区），尤其是河南、山东等地的地方美食。春末夏初，小麦吸浆将满，但又未完全黄熟时，将其穗头齐腰摘下，扎成整齐的束把，用火在锅内焖熟，趁热搓去壳，然后把干净的麦粒用石磨碾磨。

　　因为是"新麦"，含有一定的水分，碾磨出来不会变成粉末状；又因为麦子即将成熟，面粉含量也不少，磨出来的也不会是"麦糊"。所以，吃碾转，时令是关键。麦粒里的水、粉达到一定的比例，磨出来的才是一段段短条状的、如毛毛虫一般的碾转。

听老辈人说，碾转原本是乡下农人们的救急之物。阴历三四月份，正是青黄不接之时。家里断了粮，又不忍心看着孩子饿得哇哇哭，只好忍痛割几把尚未成熟的麦穗，做成碾转填一下空了许久的肠胃。想来也是颇为无奈。不像现在，人们吃碾转，只为尝鲜。相较而言，这算是一种奢侈了。

吃碾转，即为尝鲜，吃的就是麦子的清香味。所以做法越简单越能突出食材本身的味道。比较常见的做法是凉拌碾转和碾转炒鸡蛋。凉拌碾转只需要加入少量盐和香油调味，味精是不必放的，否则会掩盖麦子的本味。但蒜泥却是不可少的一味调料。大蒜的辛辣与麦子的清甜相得益彰，一个如外表粗犷的大汉，一个如清秀甜美的少女，两者碰撞则如"金风玉露一相逢，便胜却人间无数"。有人习惯在里面加入辣椒油和芝麻酱，我个人是极不喜欢的，少女化了浓妆，美则美矣，却失去了最珍贵的韵味。

碾转炒鸡蛋也十分简单。起锅烧油，先炒鸡蛋，炒好后盛出备用。不必再放油，借用炒鸡蛋剩下的底油就足够了。油热后，加少许葱花，倒入碾转翻炒，然后倒入炒好的鸡蛋，加入一点点盐调味即可出锅。碾转炒鸡蛋比凉拌碾转的滋味浓厚一些，也丰富一些，关键是两者都没有喧宾夺主，碾转的清甜味依然是这两道菜的主旋律。至于孰高孰下，则是极其个人化的判断了，自然见仁见智。

乾隆皇帝对民间的农家食物情有独钟，许多特色吃食背后都有一段与他有关的故事，碾转也不例外。据说当年乾隆皇帝南巡，回京路过山东时，当地官员奉上了新麦做的碾转，乾隆尝过之后大为欢欣，并作诗赞美，其中几句是："大官供碾转，雕盘聊一试。纵逊玉食腴，爱此田家味。"

张爱玲在散文《谈吃与画饼充饥》中，也提到了她的姑姑从前吃过的"粘粘转"。说是田上来人带来的青色麦粒，还没熟，青麦粒下在一锅滚水里，满锅的小绿点子团团急转，猜想因此叫"粘粘转"。读这一段时，忍不住暗笑：张爱玲一定没吃过碾转，但她的想象力的确丰富，错也错得如此生动，如此有画面感。

麦子从灌浆到成熟，这个时间很短，前后不过十日左右。在碾转的甜香中，春天到了尾声，夏天就要来了。

每一颗星星都应该感谢黑夜

◎韩　青

一

一天中午，有个学生找我请假，他说他想利用中午时间再在教室里做一会儿题。按理说，午休时间就得休息，谁也不例外。可是，他是名副其实的学霸，肯定有他没有解决的问题。于是，我就同意了。

午休快要结束时，我先去了一趟教室。我想知道，一个中午，他究竟在教室里做了些什么。我一进门，他就兴奋地朝我炫耀："我终于解出了这道数学题。"那兴奋劲儿不亚于当年哥伦布发现新大陆。

我走到他桌边，发现他的桌子上放着几张草稿纸，应该有四五张吧，上面密密麻麻的都是数字。

我惊讶地说："用了这么多草稿纸吗？"他说："不多哇，不就这四五张吗？当年，莫泊桑发表第一篇小说，不是有几麻袋废稿吗？"

是呀，那些草稿纸才是真正的养料哇，没有它们，那正确答案的秧苗就不会长出来。

感谢那些草稿纸。对，它们才是学习的功臣。

二

喜欢上读书、写作，那是在我十三四岁的时候。

从那时起，我就开始大量地读书、抄书、背书。当年正流行汪国真的诗，他的诗集《年轻的思绪》，我能从头背到尾。还有席慕蓉的书，我也能背一大半。甚至连女生喜欢读的琼瑶的小说，我也一口气读了几十本。

后来就开始给一些报刊投稿。我把认真抄写好的稿子，装进信封，再骑上自行车，走八九里路，到镇上的邮政局，然后再偷偷地把稿子投进那绿色邮筒。总是感觉在干一件见不得人的事情一样，每次都是这样。可是，那绿色的邮筒就像绿色的春天一样，看到它心里总会绽放出希望来。

可是，每一次投稿都是没有期限的等待，而事实上，那等待已经把结果告诉了我。一次次地投，一次次地失望。而失望多了，就会变成绝望；绝望深了，就会有泪水偷偷躲在无人的角落流哇流……但是，我并没有死心。我又开始读书、抄书、背书，厚积薄发嘛。我信这个理。读得多了，积累得多了，自然一切就会水到渠成。

就这样，读、抄、背、投，中间也有断流的时候，可是，那颗爱文字的心一直都在。一直到我三十五岁的时候，我才收到用稿通知：一篇散文的、两首诗歌的。

一个朋友曾对我说："你看你做了那么多年的无用功。"而我却不这样认为，要是没有这其中层层叠叠的波折，我哪能拥有这样一个让我期待已久的结果？那些波折送给了我一双翅膀，它们让我飞起来了。感谢它们。

三

多年前的一个晚上，我和妈妈坐在庭院里纳凉。繁星满天。那光亮，洗净了所有的尘埃，连空气都被洗得干干净净。

我曾问妈妈："星星到了晚上都出来了，那么，白天它们都去了哪里？"

妈妈告诉我："白天它们也在那里呀。"

我不解，又惊奇地问妈妈："那我们为什么看不见它们呢？"

妈妈又告诉我："因为，它们没有黑夜的映衬，就显不出光来呀。"当时，因为自己年龄尚小，所以，对妈妈的这个回答，似懂非懂。直到后来，长大了，才真正明白妈妈的意思，尤其才明白那"映衬"的含义。

每每看到星星的时候，我就想起了妈妈的回答，并且认为，每一颗星星都应该感谢黑夜，没有黑夜，谁来证明它们的存在呢？对，每一颗星星，都应该感谢黑夜，正如，世上的成功者，都应该感谢途中所有的波折和失败。可是，很多人不但不明白这个道理，而且还仇恨它们所带来的痛苦。

炖一锅黄昏

◎曹春雷

　　炊烟升起来时，夕阳正要落下山去。炊烟越长越高，比田野里的庄稼长得还要快。夕阳越落越矮，越来越红，这时一个孩子，会在母亲怀抱里，遥遥指着，咿咿呀呀，认为西边峰尖上挑着的，是个熟透了的红苹果。夕阳的红，把它头顶的云彩烧红了，捎带着，把这边的炊烟、房屋、树都给涂抹了一遍，于是，村子便有了油画般的色彩。

　　和炊烟一起升腾起来的，还有鸟声。麻雀们归巢前，先要在屋檐上叽叽喳喳一番，开一次碰头会，讨论一下一天的所见所闻。还有喜鹊，站在杨树上，两两相对，秀一番恩爱。村支书在喇叭里广播，"我刚才说的这事啊，老少爷们一定要注意……"但孩子们在街上的叫嚷，把这广播声遮下去了。

　　炊烟的下面，必定是一口铁锅。黝黑，安身于土灶上。村人嘲笑谁的脸黑，必定把铁锅搬出来，说他的脸像锅。铁锅是憨厚的，从不为自己辩解。锅虽黑，但蒸出了一锅锅白的馒头，一碗碗白的米饭，用自己的黑，成就了白。

　　铁锅旁，必定有一位主妇。风箱"咕咕嗒，咕咕嗒"，炉灶里，火热烈地舔着锅底。锅里，咕嘟嘟炖着菜，不时把锅盖掀起来。菜呢，无非是土豆、梅豆、茄子之类的，都来于自家菜园。

　　大多时候没肉，有时主妇手里有了余钱，心里一高兴，就去村西头屠夫奎三那里，称一些五花肉回来，切成薄片，放进锅里炖。花猫闻到了，蹲在灶屋门口，一个劲喵呜喵呜叫。撵开了，绕一圈，还会回来，还会喵呜。

　　孩子们比花猫还着急，这时绝对不会去街上的，而是守在院子里，磨磨蹭蹭干着母亲安排的活儿，任邻家的孩子在院外喊，就是不应声。眼睛呢，总是抽空就瞅一眼铁锅，吸溜一下鼻子，实在忍不住了，就凑到灶屋门口，冲着母亲嬉皮笑脸。

　　母亲嗔骂一声，但还是掀开锅，夹出一片肉来，吹一会儿，但孩子等不及了，踮起脚，一口咬进嘴里，立马烫了舌头，急忙张嘴吹气。花猫喵呜几下，幸灾乐祸。孩子一脚把它踢开了。

　　炉灶的火慢慢熄了，铁锅渐渐平息了热气，炊烟一点点短下来。田野里的汉子，远远看见了自家矮下去的炊烟，便扛起了锄头，走出田地。黄狗跑在了前面，摇着尾巴。回家，是件高兴的事儿。

　　一家人在桌前团团坐了，菜端上来，饭盛上来，灯光亮起来。黄昏，被关在了门外。

　　饭桌前的那个孩子，许多年后进了城市，总是怀念故乡的黄昏。然而，那样的黄昏已绝版。他只好在心里，安放一个当年的铁锅，收留那些已经无家可归的炊烟，炖煮自己无处可寄的乡愁。

废 园

◎包利民

每到夏日，站在南菜园里，看着"蜂蝶纷纷过墙去"，于是，我也就"却疑春色在邻家"了。记不清是哪一年的哪一天，我终于翻墙进了邻家的园子。

那时的我，心里还充满着无穷的幻想，清澈的眼睛也总能遇到很多美好的事物。眼中心底都还没有险山恶水，去隔断一份渴望的心情。

邻家的园子一片荒芜，短墙有几处倾圮。这户人家几年前搬走之后，这里，便一直废弃着。从墙头上跳下去，我便被湮没于高高的蒿草之中。扑打着飞舞的蚊虫，我从蒿秆中挤出来，眼前是一个很大的园子，曾经的土垄都被各种恣意生长的草覆盖，草丛中开着许多小小的或黄或白的花朵。蜻蜓和蝴蝶成群结队地尽情栖飞，每一缕风都是从它们的翅间流淌过来的，带着淡淡的清芬。

许多年以后，当我在异乡的野外，遇见一个同样的废园，看着同样的情景，却是满眼的寥落，满心的萧然。每一声足音都敲响着落寞，仿佛时光的无情重叠着心底梦想的废墟。多少的曾经，在日复一日的面目全非之后，猝然相逢这样一个冷寂的园子，便生长出许多的沧桑和感慨来。

可是少年的时候，我有的只是满心的兴奋与期待，这样一个没有人烟的园子，得隐藏着多少惊喜和奇迹呀！园子的东西南三面都是很高的蒿草，或者因从未修剪打理而上下都是枝叶的杨树，北面就是园墙和院子，还有那个空房子。站在园子里，外边根本看不到我，这真是一个很隐蔽的乐园。

我踏着杂草，小心地躲开那些不避人的青蛙或者癞蛤蟆，来到东北角，那里有一堆木头。几只蚂蚱飞快地跳过去，溅起几朵阳光。底下的木头已经长了半截的青苔，而上面的几根，却长了一些耳朵状的东西，褐色、极硬。除了一些很大的黑蚂蚁爬上爬下外，便也只有风偶尔停驻。我很快对这里失去了兴趣，转而向西北角那一堆杂物走去。

我高兴地在那里翻看着，破旧的手摇风车、破烂的农具，锈得失去了本色的犁，我用力搬开这些，仿佛移开了一段时光，寻找着深远处的宝贝。一只受惊的老鼠飞蹿而去，我浑不在意，因为目光已经被一个物件牵绊住。那是一根比手指粗些的木棍，一米多长，一端还有一个手柄，我拿在手中仔细端详，猜想它可能是一把老伞的木柄。我飞快地挥舞着，满心喜爱，这真是一个让人羡慕的武器。我心满意足，虽然还有许多未曾翻找，但可以以后慢慢来。

北墙中间的墙根下，立着一个大缸，到我的腰那么高，上面已经豁了口。探头向里看，不知已积了多少场的雨水，深绿色。

我用刚得来的武器在缸壁上敲了两下，水中扑通一声，一只青蛙跃出又跌回。不禁大笑，这家伙不知怎么进到了缸里，却出不来了，天天坐缸观天。或许有一天，雨水积到豁口位置，它就能自由了。

我在异乡的那个废园里，也看到了许多堆积着的杂物，它们沉默在岁月里。可是却再没有一探的心思，怕那些飞溅的旧光阴，洞穿往事的壁垒。在如飞的日月流年里，尘埃漫漫，渐渐地蒙蔽了一份美好的情趣，也渐渐地使我丢失了许多珍贵的心境。就连那些翩然着的蜻蜓和蝴蝶，就连那些素淡的小花，也再难点亮幽深的眼睛。离去的时候，回头望，废园依然，就像我心底的荒凉。没有流连，更没有眷恋，只是一次不期然的相遇，除了一声叹息，什么都没有留下。

而那时当我拿着武器，翻过矮墙，回头的时候，却是有着无边无际的留恋。看着自家园子里整齐的蔬菜，想着废园里那些蓬勃的植株，心头更是一片火热。是的，我觉得那是蓬勃的，一切都充满了活力。我甚至在月夜偷偷溜进去，以感受一种不一样的情境。月光下的一切都静悄悄的，偶然的蟋蟀细细的琴声，一丝丝潜入夜色，当群蛙合鸣的时候，缸里的那一只也会大声叫。也会有着恐惧，想象着草影摇曳里，飘出些什么东西。只是回想的时候，却又那样有趣，那样怀念。

这是我一个人的乐园，可以寻，可以找，可以独处，连最亲近的伙伴也没有告诉。只是有一次，我正坐在废园里发呆，忽然邻近我家园墙的那边，传来一阵响动，然后蒿草摇动，一只芦花母鸡钻了出来。它看见我，怔了一下，便若无其事地步入园子深处，轻车熟路地啄食草籽儿或者小虫。我会心而笑，芦花鸡是我家几十只里的一只，看来它很与众不同，竟然也寻找到了这处乐园。我很愿意与它共同拥有，互不干扰。

在这个离故乡千里之外的夜里，在我的回忆里，那片废园依然青青，依然神秘，像是一种召唤。使得心里的苍凉渐渐地焕发了生机，使得生命中的荒烟蔓草，都盈满了情趣。或许那些被废弃的，也正是不被困囿不被桎梏的，在自然的风中雨里，任意张扬着生命。

于是心里有了芬芳的意味，明天，我会去郊外走走，如果有缘再遇见一个废园，或许，就能因此点亮许多遥远的美好。

请君"勿忘我"

◎陈鲁民

有一种小花叫"勿忘我",多年生草本植物,耐旱喜凉,开有浅蓝色的小花,看起来貌不惊人,却有一个富有诗意的名字,被寓以十分美好的寄托。相传中世纪一位德国骑士与恋人漫步在多瑙河畔,瞥见河畔绽放着蓝色小花。骑士不顾危险探身摘花,不料失足掉入急流中。自知无法获救的骑士说了一句"勿忘我",把那朵蓝色的花扔向恋人,随即消失在水中。此后,骑士的恋人日夜在发际佩戴蓝色小花,以表明对爱人的不忘与忠贞。而那朵蓝色的花,便因此被称作"勿忘我"。

"忘我",多数时候是个好词,忘我劳动、忘我工作、忘我学习、忘我奉献、忘我相爱等,都值得讴歌、值得尊崇。但凡事过犹不及,一个人如果过于忘我,不知自重,就会失去自我,失去自尊,反倒可能会酿成人生悲剧,所以,"忘我"前边加上一个"勿"字至关重要。

一个差役押解和尚去充军。家人素知差役不够机灵,就再三嘱咐他,每天行路前,一定要先检查枷、伞、和尚和自己在不在。一天夜里,和尚趁差役睡熟,就将他的头发剃光,偷偷逃走。差役醒后,发现枷、伞、"和尚"都在,"我"却不见了。

就很纳闷地自言自语道："我去哪里了？"

人们往往会嘲笑这个差役太笨太蠢，居然把自己都忘了，但笑过之后，再反思自己，我们是不是有时也把自己忘了，失去了自我？譬如，在上司面前，唯唯诺诺，低声下气，忘记自己也是个有尊严的人；在名人面前，低眉顺眼，仰人鼻息，忘记大家在人格上都是平等的；在子孙面前，当牛做马，百依百顺，忘记自己是个独立的人；在情人面前，痴迷无度，不顾一切，忘记了爱是两颗心的相互依恋；在金钱面前，迷了心窍，贪得无厌，成了金钱的奴隶；在权力面前，忘乎所以，以权谋私，成了滥用职权的丑类，等等。如此迷失本性，失了自我，同样是很可悲很好笑的事，并不比那个衙役高明。

因而，人生在世，请务必谨记"勿忘我"。

那么，怎么做到"勿忘我"呢？

要认识自己。认识自己，就要认真研究自己，给自己精确定位，知道自己从哪里来，到哪里去，有什么责任、义务，能吃几碗干饭，能挑几多担子，该享受什么权利，该拥有什么幸福，这样，才能游刃有余地驾驭自己的人生之舟，驶向理想的港湾。

要善待自己。别忘了你是血肉之躯，不是金刚不坏之身，身体要省着点儿用，量力而行。因为，过度透支，积劳成疾，最后吃亏受累的是你自己。你也不是受气包，没必要逆来顺受，痛了你要喊，累了你要说，有泪就痛痛快快地流。受委屈了也别忍着，对自己说声对不起。

要使自己开心。我们每天都在努力使他人开心，对他人微笑，温柔款语，赠送礼品，但却往往忘了自己。其实，人生在世，让自己高兴也是要紧的事。为人处世不能不为他人考虑，但使自己开心才是更重要的人生智慧。具体来说，就是要善于赞誉自己，要充分肯定自己，要不断犒赏自己，要经常安抚自己，一句话，就是为了让自己高兴，每天都乐呵呵的。

　　生命只有一次，每个人来到世间都是一个奇迹，因而要珍爱自己，不能只为他人活着，把自己活好了，活出光辉，活出价值，活出高度，才是最重要的。是故，请君"勿忘我"。

只记花开不记年

◎积雪草

　　去公园遛弯，看见一个老人家坐在公园的长椅上晒太阳。别人问她："您老今年高寿了？"她笑，说："不记得了。年龄就是个数字，天天记在心上怪累的，闲着还不如看看花。你看那棵树，年年夏天都开满一树的花，可香了。"

　　老人家鹤发童颜，眼睛里闪着笑意。我顺着她手指着的方向看过去，不远处有一棵老槐树，枝干虬结，老皮沧桑，部分根已经裸露出来，想来也是上了年纪的。这时节，枝条光光溜溜的，连一片叶子都没有，站在天地间，有一种凛然之气。

　　我想起一句诗，据说是清朝人袁枚的妹妹袁机所作："鸟啼月落知多少，只记花开不记年。"袁枚的妹妹袁机"多坎坷，少福泽"，婚姻不幸，早逝。这首诗是她感怀身世之作，"只记花开不记年"是她悲凉人生底色中的一抹亮色。

　　前段时间搬家，家中的老"古董"都被翻了出来。翻看旧相册，看见年轻时的自己，心中不由得触动了一下。那时虽不曾妖娆风情、美丽无比，但毕竟年轻，一头短发，素衣宽袖，站在大海边，御风而翔。虽不惊艳，也不耀眼，但到底年轻，青春的气息扑面而来。鲜衣怒马，青葱岁月，倏忽而逝，甚至没有来得及好好咀嚼一下，就像一列绿皮火车，轰轰隆隆，一头扎进岁月深处。

小时候最向往的事情是过年，因为"年"是这个世界上最美好的日子，能带给我们锦衣、美食和一张张生动的笑脸。可是日子过着过着，对"年"的情感就变得复杂起来。喜欢"年"的庄严、隆重、热闹，走亲戚、看朋友。一丝淡淡的忧伤也会相伴而生，感叹时光很是摧残人，青葱帅气的美少年转眼间就华发丛生，笑靥如花的美少女转眼间就变成皱纹满颊的老妇人。曾经的风度翩翩，英气逼人，曾经的青春靓丽，纤腰一握，都成为陈年旧事，都已成为风中传说。

每个人都走在通往老境的路上，年复一年，日复一日，走得义无反顾，没有别的选择。我们喜欢尘世的温暖，也害怕老之将至，这是人之常情。在轰轰烈烈老去的路上，有的人举手投降了，有的人却活得硬朗，掷地有声。木心先生曾说："岁月不饶人，我亦未曾饶过岁月。"一个人若不惧时间，不惧生死，那他必定是有丰厚的阅历做底色，必定有强大的内心做支撑。

"年龄就是个数字"，人活到这份上，当真是将世间万事都放下了，什么爱恨、得失，甚至是生死，都变成了无关紧要的事情。著名的摩西奶奶在《人生永远没有太晚的开始》一书中说："实际上，现在就是最好的时光。"看花、闻香、不记年，过好每一天，只要愿意，什么时候都不晚。

汪曾祺先生曾说："人活着，一定要热爱点什么。"爱点什么呢？琴棋书画似乎高雅了些，但没有关系，其他可爱的还有很多，像一汤一水，一蔬一饭，小猫小狗，小花小草，菜市场的萝卜白菜，小馆子里的包子稀饭，等等，爱什么都可以，因为爱的不是具体的物象，而是热气腾腾的生活。

每个人都如草木一般，像植物一样，经过华年的青涩苍翠，经过盛年的葱茏葳蕤，然后情势急转直下，兜兜转转之中，枯了，败了，老了。比起永恒的苍穹大地，人渺小如草芥，不过是来去匆匆一过客，任何人事都逃不过这个规律，在自然法则面前，人人平等。与其掰着手指头刻意数着过日子，还不如与时间和解，与自己和解，不记流年，只记取生活中那些丰盈如花朵般的细节就好，得失淡然，枯荣勿念，活在当下。

手指耕读

◎彭　晃

　　租住的楼，老而旧，楼道里一直是没有灯的，所以每次加班后回家，都觉得家里也是没有温度的。

　　但是那天，却出乎意料地探出一束灯光来。那一抹淡淡的昏黄，将心突然就变暖了，暖了的心，瞬间也变得勇敢了。于是边上楼边想，明天上班，领了薪水，就放弃那工作吧，它令我如此疲惫。

　　我以为那灯光是楼道里新装的灯，原来是从三楼开着的门里透出来的，三楼房东的盲儿子正坐在门前。

　　跟他说了几句话后，再踏上楼梯时，我的心就凉了。我很低沉地想，这世上卑微的人寻找快乐的方式同样卑微。

　　比如我在这陌生小城市里，因为专业冷门不好找工作，只好又累又怨地把现有的这份鸡肋似的工作当宝，一直不敢放弃，今天加班回家时，竟因一束灯光而想要放弃它。

　　又比如房东的盲小孩，刚才我跟他说，跟哥哥去楼上等妈妈吧。但他却说他要读书，但那是一本盲文书，他只能靠手指一个字一个字地去摸索，许久，才能读出来那个字是什么。

　　看似坚强又勇敢，可是这姗姗来迟的理解里有多少快乐？

我靠在门后，双眼蒙眬，直到感觉皮肤紧绷，才想起要去洗脸。两只暖瓶里的水全部倒进水盆里，一大盆水上有厚厚的徐徐上升的蒸气，不想伤心低落时还被烫，又不想再掺入一杯凉水，于是便伸出右手食指，轻轻触及水面，想一试水温。

然后就有了小小的意外感，我惊喜地把整张忧伤的脸都扑进那盆水里，水温正好。它暖在我红肿的眼里、缩紧的心里，化成感动。

我觉得自己犯了错，原来感觉也是有层次有质感的，而常常以为正常的眼之所及、心之所悟，全都不如一根亲历的手指上的感觉来得正确和惊喜。

我没有辞职。即使我所学专业与工作相差十万八千里，但是只要勤奋并心存希望，这份小单位里的财会工作我足以胜任。而且我是那么相信我的手，在做账时，总会习惯性地伸出食指，一个数字一个数字地认真核对，在单位的办公桌前、在银行的柜台前也是如此手指移动，心中跟读。

在做那份工作的年月里，我再也没像以前那样频频出错，每天都头疼。即使后来我离开那份工作，但是我依然相信我的手，以至于，如今在闲暇时看一本小说，我都喜欢偶尔伸出食指，逐行指读。

这有些像初学读书的小学童以及那个从那年起开始刻画进我脑海中的玲珑盲少年……

于是，一直都明白，当生活逼得我对一切都没有信心，庞大的负面情绪罩得我都无法破出时，那么我至少还可以相信我的手，它小小的亲历会让我觉得沉淀心情触碰希望其实很简单。

只要怀着一颗努力的心去伸出手，哪怕只是一根食指，温暖就会有，强大和骄傲也一定会有。手指耕读，手指沃土。

空

◎吕　游

一

秋天，农民收割完，田地里无一棵庄稼，田地空了。

初冬，树叶落光了，每棵树只剩下一树空枝，树空了。

列车到终点站了，旅客们都提着行李下车了，列车空了。

周末放学了，学生都走出教室、离开学校，教室、校园空了。

但这一个个空都是暂时的：周一，同学们又都来到学校、走进教室；田地里收割完，农民又播下新的种子；春天，树又长满了绿叶；列车到达终点站后，新的旅客又提着行李上车了……

村边有一块空地，听老人说，最早时，这里曾有几排房，后来坍塌了。之后，这里先后成了麦地、瓜田、果林、菜园……再往前或往后是什么，不知道了。

一块地，去年空不一定今年空，你觉得空也不一定真空，不是还长有绿草吗？空，是地在睡觉、休息、思考，为不空做准备。没有永远的空，也无永远的不空。

二

晴空、碧空、云空、星空、长空，天只有空了才叫天空。"千江有水千江月，万里无云万里空。"然而，再仔细看看天空，早有晨晖，夕有晚霞，还有朝阳夕阳，昼有白云阳光，夜有满天星月，至今想不明白，不空的天空，怎么能是空的呢？

风是空的，空气是空的，时间是空的，看不见、摸不着，也闻不到、抓不住。古人说，空本难图。因为风是空的，你很难把它画出来，你只有通过画柳枝摇、彩旗飘、水纹动，才能画出风。

然而，看不见的风，却有无穷力量，能把大树吹倒，能掀起滔天巨浪，怎么能是空的呢？

空气是空的吗？气球只有充满空气，才能飞上天；汽车轮胎只有充满空气，才能负重、奔驰万里。假如用针扎一下，把里面的空气全放掉，气球、车轮都瘪了，还能飞上天、前行一步吗？

空气中含有大量氧气，人片刻也离不开它，新鲜或污浊还关乎人的健康，怎么能是空的呢？

时间，让你的头发由黑变白、腰由直变弯，让婴儿长高、年轻变衰老，让山化作海、海长出山，让千万万人来了，又让万万人走了，谁说时间是空的？

三

空与不空是辩证的。建楼时，楼前楼后要留有空地，不能楼挤着楼，这空是容积率；每个房间得留有一定高度，不能让人直不起腰、头碰着顶，这空是生存空间。树与树、人与人甚至星系与星系之间都要留有空间，不能挤在一起。空旷原野，使人心旷神怡；拥挤的城市，让人耳边嘈杂头痛。

画画要留白，这留白就是空。以空为灵，灵处必空。一张白纸上画几条木筏小船，空白处就成了水；一幅画只画山顶、山腰，空白处就成了朵朵白云。一张宣纸空着，可画你想画的画；若不空、画满了，你啥也画不成了。

木鱼是空心的，敲打它时才会出声；笛子是空心的，吹奏它时才会发出动听的旋律。若都是实心的，便发不出美妙的声音。

气球空空的，才能飞上蓝天，若装满金子、银子就飞不动了。

一口井表面是空的，井筒好长一段是空的，空的下面却藏着深深的、取之不竭的内容。

碗空了可盛饭，杯空了可沏茶，柜空了可装东西，田空了可栽苗，山空了可种树，操场空了可做操。肚子空了，可品尝美味；胃一直撑得满满的，只会缩短寿命。

当一只杯子装满咖啡时，人只说这是咖啡；装满酒时，人只说这是酒。只有当这只杯子空了时，人们才会说这是一只杯子。

自满啥也装不下，空谷才能听回音，手机有空间才能接收新信息，大脑有空间才能装下新思想。空手的人，也不会总是一无所获。两手空空，才能两手满满；两手满满，必然两手空空。

昨日看桃花，一树灿烂；今日看桃花，空余满树枯枝。心中无花，不空也空；心中有花，空也不空。空是空无，空生万物……

庄子说，若一只船撞到你的船，你正要发火，忽发现船上无人，竟是空船，你的火气便消失了。很多时候，我们也要把一个个烦恼看成一只只"空船"。

四

传说王勃写完《滕王阁序》之后，意犹未尽，又写了一首诗："闲云潭影日悠悠，物换星移几度秋。阁中帝子今何在？槛外长江口自流。"

王勃在诗的最后一句故意空了一个字不写就走了。在场的人，有人猜"水"，有人言"暗"，有人说"独"，有人曰"静"，有人……但都未猜对这个字。

人们赶去见王勃，他故作惊讶地说："我不是把字都写全了吗？"大家都说："那里是个空（意没有）字呀！"王勃说："对呀，就是个空字。槛外长江空自流嘛！"大家一听连称"妙"，觉得哪个字也没有"空"字更恰当，更意境悠远、令人回味。

水常空自流，人的青春、生命不也常空自流吗？想想一生时间如流水，许多都像那槛外江水空空流走了。"莫使金樽空对月""空令岁月易蹉跎""莫等闲，白了少年头，空悲切"……世上唯"空"最让人痛惜。

五

人也是空的，空空地来到这个世界，两手空空，全身空空，甚至连一块遮羞的布也没带来。

人又空空地离开这个世界，哪怕生前拥有得再多，什么也带不走，双手皆空。"滚滚长江东逝水，浪花淘尽英雄。是非成败转头空""死去元知万事空""绿窗明月在，青史古人空"……死是一个人最大的空。哪怕陪葬品再多，也会被后人挖掘得一干二净，也会被时间的泥土吞噬得空空。

富贵如浮云，死后都会成空。有一首《空空诗》："天也空，地也空，人生渺茫在其中。日也空，月也空，东升西沉为谁动？田也空，屋也空，换了多少主人翁！金也空，银也空，死后何曾握手中？妻也空，子也空，黄泉路上不相逢。朝走西，暮行东，人生犹如采花蜂。采得百花成蜜后，到头辛苦一场空！"

从宇宙来讲，太空也是一个"空"，太阳、地球及星星、月亮也都是飘浮在半空中的，人当然也是飘浮在半空中的，整个世界、宇宙本来就悬浮在空中……时空时空，时空本来就是空的。

宇宙也是两头空。大爆炸前整个宇宙是空的，地球几十亿年前也是空的，任何生命也没有。如今宇宙、地球不空了，但最后还得走向空。空空满满，满满空空，是大自然的必然规律。

　　人的一生，说穿了，就是从零走到零、从空走向空，谁也难例外。人来时空、走时空，两头都是空的，唯一的是这中间不能空，即要活得充实有价值，最终虽空着手走了但总要留下点什么，只要不留下空，一生就不空。

　　人走如空空的空气，什么都没有了，一切皆空。但空与空的不同是，空气里还有氧气呀！

旧 时 光

◎王吴军

　　一直以来，总是没来由地恋着旧时光和旧时光里的旧物，古老的书籍、泛黄的信笺、婉转绵长的唱腔、你侬我侬的唱词。似乎一旦打开它们，就会步入另一个温馨的天地。

　　旧物在旧时光里沉淀，融着淡淡的暖色，美好恬淡。仿佛被深深地迷惑住了一般，恋上了，就很难戒掉。那些大大小小的旧物和雨丝风片的旧时光，总是让人觉得温暖。曾经的过往和故事，洋溢着柔润美丽的光彩。

　　走过旧日的一切，向前走了很远，蓦然回首，旧时光里的旧人、旧物、旧事，娴静如娇花照水，温柔似月色溶溶，让人有了回到童年的纯真。经过的、留下的，总会让人回味久久，念想久久，幸福久久。

　　在狭长的记忆长廊里追寻，唯一的方向是旧时光。两两相望，旧日的一切散落在心的深处，偶尔拾起，会慢慢散落。然而，记忆里的旧时光却又在无声无息中串联起了生命的经历，天空湛蓝，阳光正好。

　　一路前行，旧时光总是无法遗忘。

　　旧时光里收藏了点点滴滴的记忆，它们被酿成了香甜醇厚的酒，在渐渐流逝中被拾起，散落，再被拾起。

一部老电影，一杯热茶，一个俏皮的昵称，一句话的感动，一双手的温暖，留在旧时光里，有时竟恍若是别人的故事。曾经的时间里，留下了难以割舍的丝丝缕缕。

旧日的词句中，有着纯真的灵魂和姿态。挑灯看剑的旧事里，有着一声声的感慨。竹林烟雨间，有着洒脱与豪迈。卿卿我我的花前月下，有着缱绻和缠绵。

午夜梦回，那一段段的旧时光，让人无端沉醉，依稀在水光迷离中，是难以言喻的美好。

翻出那些旧照片，微微有些泛黄的样子。那些曾经熟悉的人、熟悉的景，那些曾经熟悉的过往、熟悉的心情，都会悄然浮上心头。曾经，我们站在一棵树前，背后，是一片很亮的天空，犹如是遥远的未来。

其实，旧照片上大部分的人都依然在这个城市里。每天，我们都经过同样背景下的天空，可是，彼此却很少再见面。后来，曾经的那棵树被砍掉了，心里忽然茫然地痛起来。我记得我说过，只要那棵树还在，我们的回忆和梦想就在。没有回忆和梦想，如何度过朝朝暮暮的岁月？

在生命的路途上不停行走着，但是，不能丢弃和遗忘某些时光和事物。

旧时光里那些温暖，在生命的彼岸翩翩起舞，美丽，醉人，虽然是昨日霓裳，却是红了樱桃、绿了芭蕉的美丽。

安静的日子里，翻几页杂志，喝一杯茶，然后，站在高处张望，多年前的思绪被打开，那些在岁月的流逝里的旧事逐渐清晰，温柔的记忆，来不及躲闪，便轻轻地铺满清晨的朝霞、黄昏的余晖。生命的路上，每个人都可以找寻到几段旧时光，那些尚存留着往昔余温和香味的日子，某一刻，就在一瞬间从记忆的深处悄然浮现。其实，我们回忆旧时光不是为了逃避现实，只是深爱并珍藏着那一段时光里自己曾留下的足迹和气息。

　　旧时光是旧上海穿着锦绣旗袍的女子，手执小扇，顾盼生姿，脸上匀着细细的香粉，婀娜地在街上走过。泛黄的岁月，生动的容颜，和着桥下清亮亮的水一并流走，然而，却只为我一个人而美丽如蝶。竹制的风铃，清亮的茶几，一把茶壶，两个小瓷杯，两张小竹椅，清风伴花香，留在唇齿间的清甜和微涩，在记忆之水中舒展开来，温暖而明亮，像穿越纸间的一场电影，并不见挤满座位的人群，光线被捏成碎片从掌心流出，漫长无尽。

　　旧时光一晃就过去了，仿佛站在一个青石斑驳的路口，失去的、获得的，一切都已经平静淡定。曾经的惶恐、不安和挣扎，都被时光抹平了，镀上了浅浅的金色，散发着纯净的光，婉转、低回、轻盈、美丽，旧时光是那样纯净地涵容了一切。

　　那些旧时光就是开满鲜花的花园，温婉如玉，美好而迷人，花一样的年华，诗一般的陶醉，让人无法不去珍爱那些终将会泛黄的一段岁月。

　　春花秋月在，时光如水去。生命的岁月里，恋旧总是如歌一般动人。

滚滚红尘里，恋旧使得人在情常在。

岁月犹如一条奔流不息的大江，在岁月的江水声里，回忆往昔，今日的你我总是和旧时光里的一切两两相望，那时，仿佛有一阕又一阕美丽的曲子在耳边萦回着，那是无法消散的恋旧情怀在轻轻歌唱。

第三部分

幸福就是一场雨

等一个晴天

◎潘姝苗

江南梅雨时，天空与纷飞的细雨诉说忧伤的往事。撑着油纸伞结着哀怨的丁香姑娘，慢悠悠地走在悠长又寂寥的雨巷，青石板上落满清凉的雨花，横斜的枝丫上氤氲着湿漉漉的惆怅。

亭院荒凉，窗台清寂，夜色太凄迷。雨淅淅沥沥、缠缠绵绵撒播着孤独的情绪。家里的墙壁四面回潮，地板从内底里头泛出湿气，同个藏了苦楚憋屈的怨妇一样，把好端端的天地乾坤数落得透湿。谁家妇人懒，屋子里有拾掇不周的边角，这里躺一件短袖衬衫，那边挂一套花连衣裙，柜橱闲着大片的空间，正等待半干不湿飘着霉味儿的衣服何日晒透了归巢。

空气饱含着水分，预告的雨讯一场又一场蓄势待发，催开墙角井沿的青苔，走一步滑一步，避之唯恐不及。真的好希望老天给一个开晴，燃着灼热的日光，一扫身边眼前蓄积的湿冷深重，清空角落缝隙的阴森雾霾。

多么期待一个干净清爽的晴天，在隔帘的光亮里闻着花草的芳香，把喜欢的衣裳一点点洗净，看衣袂飘飘，在阳光下精灵一般的舞蹈。衣恋着光，光照耀衣，深情款款，仿佛前世的情人。

风雨困住了人的脚步，闭门不出春光辜负，心因此而结着愁怨，有化不开的烦闷和寂寞。上网的朋友相互寒暄，总爱问，"最近过得怎么样，心情好不好？"知者不见外，"不好，怕要等天晴了才好。"敢情打哈欠也传染，想必此处定要牵连荧屏那头，多了一张阴郁的脸。

爱人下班，走廊里撑起雨滴滴的伞，转身告诉我，"几个同事想组团去旅游，海南或者云南，你可愿与之同往？"每年总有这样的时候，那一路远远近近的景，不过羁绊着一颗深深浅浅的心，如果没有看景的心，去什么地方，甚至去或不去又有什么要紧。倘若再赶上这样一场不止不休的雨，便是再美再风光的旅程，也兴味全无了吧。我不回答，因为这雨。

等一个晴天，依然在心里放牧一颗游走的情致。只要天晴，我愿意不着华服，不要靓丽，只需张开臂膀揽一怀暖阳。只要天晴，我就可以背起行囊，不管路过的地方是否有名，都一定是眼中最美艳的胜景。一个文友曾在博客里写，送一枚钻石，也不稀罕，只换一个晴天。什么时候，我们脆弱的心灵对天气如此依赖、如此难以释怀。

等一个晴天，我们会再相见；等一个晴天，一切重回灿烂。晴天，应是对生活存有的一份信念；晴天，应是人间安放情感的暖巢。也许，日子真的应该像歌里唱的那样，因为很想念，每天都是晴天，心晴朗就看得到永远。

满心晴天的时候，日子才归于自己掌握。

心安处是故乡

◎孙君飞

近段时间，我陷入事务堆里，我迫切地希望安静下来，可是风不止，树又怎能不摇？

恰在此时，一位朋友托我帮忙网购一本书，书名竟是《安心才是喜乐》。我说没问题，私下里却苦笑，其实我才更需要这样的书呢！

曾经有人对我讲，不管外面刮着怎样的风暴，你的心都要如风暴的中心，那里最安静。具体怎样做呢？我至今仍未尽知，虽然也这样要求过自己，按照自己的猜想尝试过，却一直很难在事务来临后保持一如既往的那种安心、闲暇时的那种安心、随遇而安时的那种安心。这说明我曾经是拥有过安心的，只是现在丢失了，人变得忙乱、焦灼、紧张、无助，如同没有了家园，周围都竖着屏障，需要竭尽全力地去跨越。我也懂得我不可能时时安心、永远安心，内心此起彼伏犹如水浪，这也是生命和情绪的常态，世界不听我的安排，我的内心也自有它的律动。可能我自身的缺陷要我多要一些心安，一个人待在房间里会安静许多，这岂不也是一种逃避？愈想要安心，愈不能安心，这并不是世界出了问题，而是我自己出了问题。不弥补自己、不完善自己，只能次次在事务来临时不安心、不镇定、不从容。世界未曾愧对我、亏待我，我何来这么多的不安心？

记得一位诗人说过，你不要害怕从远方飘到你头顶上的那片阴影，当你内心感到不安的时候，说明生活没有抛下你，它在此时抓住了你，要你去做一件可以带来改变的事情。

这些话对我来说确实是深情的抚慰。

既然一个人生下来就有自己的故乡家园，他就应该活得心安身宁。当他感到不安，不是故乡消逝了，而是他走远了，走掉了。让人不安的因素有许多，或大或小，或深或浅，或新或旧。一堆事务并不能推走我的故乡，也改变不了我的故乡，被推走的是我自己，被改变的也是我自己。故乡对于今天的我来说，更是一个精神家园，我可以安安心心地回去，也可以轻轻松松地带在身上。我完整，故乡也完整，或者故乡安然，我也安然。当我感到不安时，只是我的心不安吗？不安既是一种警觉，也是一种召唤，要我补救自己的缺陷与不足，要我缩短我背对故乡时产生的距离，要我脱离过敏原，带着泥沙生活，带着钙质生活，带着喜乐生活。可以不求成为英雄，却需要首先成为一个完整自然的人，也可以不必成为一个精美的人，却需要全然接受头顶的阴影与阳光。生活、工作和事业要求你走得更远、更偏僻、更荒芜又怎样？心安处是故乡，故乡在，景致也在。只要不逃避、勤劳作，时时刻刻沉浸在生活中，覆盖荒芜的风景也迟早会重现，吸引飞鸟，也吸引阳光的眷顾。

在泥土中长大

◎王国梁

　　小时候，总以为人也是从泥土里长出来的，就像草和树一样。

　　我的童年是在乡村度过的，广阔的天地之间是我们自由的舞台，可以撒着欢地玩闹，就像一棵自由自在生长的小树一样，没有丝毫束缚。泥土是我们最亲昵的伙伴，幼时的游戏和劳动都与土地密不可分。

　　我很小的时候，就开始跟父母下地，那会儿并不是帮父母的忙，这仅仅是父母带孩子的一种方式。那时村里没有幼儿园，小孩子没有人照看，可不就被父母"随身携带"着，在泥土里慢慢长大。可以说土地是乡村孩子的游乐场，这个游乐场，巨大无比、天然健康，是孩子们成长的沃土。

　　父母在田里劳作，小孩子们在一旁捉蟋蟀逮蚂蚱，或追着一只兔子在田野上狂奔。田野里，还有不少的孩子，跟在父母身边玩。大人们热火朝天地劳作，小孩子们帮不上忙，于是就三五成群凑到一起玩游戏。一个土坡、一片树荫、一块儿荒地，都可以成为我们释放过剩能量的舞台。

　　我们在泥土里疯玩、打滚，可劲儿折腾。有些孩子，还会就地取材，把泥土当成玩具。有时，大家用泥土捏东西，捏成锅碗瓢盆的形状，捏成桌椅板凳的形状，好像没有什么东西是不能捏的。孩子们的创作热情高涨，创造力惊人。捏完这些"日用品"，下一步就要过家家了，男孩女孩在一起扮成一家人，其乐融融地开始"新生活"。

男孩子们的兴趣更在于打打杀杀，玩富有刺激性的游戏。我们在土坡上"垒碉堡""建炮楼"，折根玉米秸当枪，找个土地的凹处做掩护，玩"打日本鬼子"的游戏。照例是要分成正反两派，最后的结果当然是正义胜利。我们最早的爱国主义教育和荣辱观的培养，都是在泥土里完成的。

孩子们玩累了，会顺势躺倒在泥土中。松软的泥土，跟家里的土炕一样舒服，可以美美地睡一觉。我嘴巴里嚼着一根甜津津的青草，耳朵边有野花摇曳着，蝴蝶和鸟儿还会从我的眼前飞掠而过，有时躺着躺着就睡着了。睡在蓝天白云下，做一个轻飘飘的梦，觉得一切那么轻松舒畅。清凉凉的土地贴着我的肌肤，土地里厚重的气息慢慢传递着，传递到我的肌肉、骨骼，让它们长得结实健壮。

孩子们虽然小，但大人们也不担心孩子们跑丢了。大地就在脚下，能跑到哪里呢？有时大人看不到孩子的人影儿，就拉开嗓子喊几声孩子的乳名，空旷的土地上，呼唤声被风吹送得很远，孩子听到喊声，立即扔下满手的泥巴，奔到父母身边。

父母看到我一身的泥土，不仅不责怪，反而笑眯眯地说：

"又成了泥猴儿了！"在他们的意识里，泥土是好东西，孩子在泥土里滚几遭，就结实健壮了。祖祖辈辈生于土地，我们与泥土最亲，觉得泥土最养人。

周国平在文章中写道："一个人的童年，最好是在乡村度过。一切生命，包括植物、动物、人，归根到底都来自土地，生于土地，最后又归于土地。……农村孩子有许多同伴，他们与树、草、家畜、昆虫进行着无声的对话，他们本能地感到自己属于大自然这一生命共同体。"

真的是这样呢！可随着城镇化的推进，越来越多孩子的童年离土地越来越远。我真希望，他们能偶尔回到土地上，感受一下万物是如何从泥土里长大的。

飘逝的榆钱香

◎马亚伟

　　小时候，家家户户的院子里，必定会有一棵大槐树和一棵大榆树。大槐树和大榆树像一对琴瑟和谐的伉俪，你侬我侬地把农家清贫的日子打点得活色生香。榆钱、槐花，经过母亲的巧手，变着花样登上餐桌，生活便像花开一样美好了。

　　可是，我有十多年没有吃过榆钱了。十年前，故乡的榆树总生病虫害，树身长满了小虫子。看着密密麻麻蠕动的小虫子，我的心也跟着疼。榆树曾帮我们度过了饥寒年代，却独自承受着无端的灭顶之灾。

　　终于，榆树们一棵棵被犀利的刀斧砍伐掉了，村子里再也找不到一棵榆树。村里有人说："那树，光长虫子，太脏，没法留着！"听到这样的话，我总是愤愤不平，觉得他的语气里分明有过河拆桥的意味。我至今也没弄明白，那种病虫害为什么不能根治呢？或许，是人们觉得生活好了，有没有榆树都一样了。榆钱，寓意"余钱"，人们手里有了余钱，不再需要榆钱果腹了，榆树就默默退出了生活的舞台。

　　院子里，只要槐树还在，照样开出大片大片的槐花。但是，我知道它是寂寞的——它在想念与它相伴了年年岁岁的榆树。榆树，沧桑厚重，质朴平和，承载着岁月中无尽的喜悦和欢欣。

每年4月，榆钱挂了满树，孩子们兴奋得撒了欢。你看，那嫩生生的榆钱，仿佛翠绿的蝶翅一样，一对对拥挤着，一团团喧闹着，一嘟噜一嘟噜的。满树榆钱，就是一道秀色可餐的风景，养眼养心。每当看到一嘟噜一嘟噜的榆钱，就觉得日子是那么丰盈富足，就像童年时光一样，大把大把握在手里，永远都不用担心失去。

天知道榆钱有多好吃！孩子们仰头望着榆钱，像馋嘴的狐狸一样流着口水。小秀是我最好的朋友，她比男孩子还爱动，总是最有办法。她找来竹竿，在上面绑上钩子，跑到树下钩榆钱。这些活儿，小秀干得得心应手。我在树下，专管捡胜利果实。我小时候皮肤白皙，鼻尖上常常沁出一层细密的汗珠。小秀钩完榆钱，会把竹竿一丢，凑到我的面前来，用手刮我鼻尖上的汗。我闻到她嘴巴里榆钱的气味，是有点青草味的清甜气息。

"东家妞，西家娃，采回了榆钱过家家，一串串，一把把……妈妈要做饭，让我去采它，榆钱饭榆钱饭，尝一口永远不忘它。"我们把榆钱交给母亲，让她给我们做各式各样的榆钱饭。

可是，吃榆钱饭的岁月，倏忽间就远去了。我在想念榆树，想念榆钱，就像想念一位患难中风雨与共的老友，我们一同经历了苦寒的日子，终于守得云开见月明，他却悄然退到岁月深处，含笑看着你在人前风光无限。

我很多年没有再吃过榆钱了，但我的味蕾上，始终保留着榆钱的记忆。远方的文友说，他们那里还吃得上榆钱，但也是稀罕物儿。他说的时候，我咽了一下口水，继而无比欣慰。榆树还在，榆钱还在，不管它在哪个地方，我都会在心里遥遥牵挂着它。

　　榆树，就像不离不弃的朋友，不会锦上添花，却能雪中送炭。最不能忘记的，是曾经雪中送炭的人。我想念榆树，想念在有"余钱"的年代里退出我生活的榆钱。

开在心灵的荞麦花

◎张西武

盛夏的阳光，火一样炙烤着大地。荒芜的山坡上，因春旱而大片缺苗，原来的良田竟然变成了荒地。我汗流浃背地在前面刨地开垄，母亲在后面撒播荞麦种补苗。

7月的天空像个大火炉，把我十七岁的青春曝晒成村夫般的沧桑，我的心情就像这暴热的天气一样暴怒无常。请原谅一个刚刚得知以三分之差名落孙山的少年，在生命之初沉重的打击下，没有人安慰和鼓励，却要像个农夫一样在农田里拼命劳作。

我心情烦乱地嚷道："这都什么时候了，还来补种荞麦，不是白来遭这个罪吗？你看这满地的草，将来荞麦还不荒死！"

母亲直起腰擦一把额头上的汗水，望着荒芜的田地说："浪费了这片地多可惜，只要下半年雨水调和，荞麦会很快长起来，等冬天给你做饸饹面吃哈。"

在那段贫穷的旧时光里，能吃上一顿面食多么令人向往啊，我似乎闻到了荞麦面的香味，也看到了满地荞麦花开，在微风中荡漾。我又有了力气，烈日下挥汗如雨继续劳作。

傍晚时分，荒芜的山坡都种完了，我和母亲已累得筋疲力尽，但我却看到母亲欣慰地笑了。下山的路上，母亲看着狼狈的我心疼地说："你看种地的活又苦又累，一辈子也别指望有出息了，你还是去复读吧，你一直学习那么好，放弃可惜了，我和你爹再累也能供你上完学。"

我摇摇头说："不上了，我还是在家帮你们种地吧，不能再拖累你们了。"母亲絮絮叨叨说了农村的苦和盼望我能有出息。但我没有听母亲的劝，决意留在家中务农。

一个多月后，到了秋季开学的日子，我的心里也长了草。失魂落魄的我整天跟着父母亲在农田里辛苦劳作，我企图用劳累驱逐心灵的空虚，但是没有用，我的心里仍然杂草丛生。

一天傍晚，回家后发现母亲没回来。趁着月色，我在荞麦地里找到了母亲。月光下，荞麦花一片雪白，晚风轻拂，淡淡的花香在空气中氤氲。我微醉于如此静好的月夜，此时我忽然想起一句诗"月明荞麦花如雪"，真的好美呀！

月光下，母亲弯腰弓背，在地里拔草。看着辛苦的母亲，刚才欣赏美景的兴致荡然无存，心酸得几乎要落泪，母亲为了这点荞麦的收成，为了给我吃一顿美味的饸饹面，竟然在月下坚持劳作！

母亲发现了我，直起腰兴奋地对我说："你不是说怕种晚了荞麦熟不了吗，你看现在已经开满了花，有的已经结籽，我们就等着收荞麦了！"

母亲的自信，让我感动，她在如此艰苦的生活中，仍然能够坚定信念，充满希望地生活，在这片面临绝收的土地上，播种了希望，让荞麦花开遍了田野。而我年纪轻轻怎么就轻言放弃了呢？

几天后，我终于下定决心重返校园，临走前，母亲竟然激动而自豪地说："我就说我儿子不会窝在这个山沟里，将来一定会有出息的！"那一刻我也一样激动万分，暗暗下决心发奋读书。后来终于在第二年榜上有名，实现了母亲的心愿，也实现了自己的梦想。

从此，每当生命中再遇到挫折和痛苦时，我都会想起那个"月明荞麦花如雪"的夜晚，那一片开在心灵深处的荞麦花和在荞麦地辛苦劳作的母亲。

那一片带着清香的荞麦花，把坚定的信念深植于我的心田，让我明白了一个道理：在人生跌入低谷时，要想让曾经荒芜的田地有生机和希望，最好的办法就是种上庄稼，把希望的种子植入心田，然后用辛勤的汗水和坚定的信念，浇开生命的花朵。

故乡的井，故乡的人

◎姚秦川

那坎井位于村子西头，我家的东南角，是我一直魂牵梦萦的地方！

直径不过十五米，水深约十五尺，开挖于20世纪60年代，服务于大寨田。到我上小学的时候，它已经"退伍"了。井台因不堪风雨的侵蚀，已七零八落。东北角塌陷四五米，成了涨水的溢流处，流向是村内一条干涸的河道。正是这坎饱尝失意之苦的时代产物，成了农村孩子的乐园，丰富了我带有浓重乡土特色的童年。

田畦里玉米高过了头，桃杏涨红了脸，谷子正挺直腰板的时候，井台边就会围满了脸上流着泥道、赤着黑红的上身、留着狗啃似头型的像我一样的野孩子。

村里的小学铃声一响，这些土生土长的乡里娃就会挥舞着刚褪下的上衣，高喊着，风也似的钻进通向那坎井的地里。临近井边，早已经成了一丝不挂的小泥鳅，管你禾苗的叶子拉疼了稚嫩的肌体。山里的孩子不娇气，等一猛子扎进井里，有的就只剩下欢乐了。

扭动着狗刨一样的躯体，扬起一弧碧水来一小伙儿，用力将伙伴的头压进水里，一撅屁股到水底挖把淤泥，甩给水上孩子画个满身地图，之后在残缺的台上晾个太阳浴，哪怕老师在身上划出了白道，被罚站半天，我们还会雀跃着来到井里嬉戏。

井里有村里人放生的鲫鱼。十多年未掏干过井水，鱼儿长得膘肥体壮，所以对我很有诱惑力。由于水深，捞捕是希望太小。于是就盼下雨，下大暴雨，下到井水涨满了哗哗往外流。那时我会不等雨停，披上一个塑料袋，到井口水道边守着。

透不出气来的鱼会游出深水，跑到水道里来，我总会有不小的收获。洗脸盆里会有半盆战利品，有鲫鱼、有泥鳅、有草鱼，还有白鱼条子。有时雨下得太大了，把水冲到了周边的田里，我就能在田里拾到不少的鱼。问起大人鱼怎么会在田里时，得到的回答却是天上下的鱼。

后来上学后才知道根本不是那么回事，天上是能下鱼，但那是一种极少见的气流将水和鱼一同卷到天上，从另外一个地方降落的自然现象。

后来雨水少了，在井边捞鱼捡鱼的机会也没有了，但我有了新的兴趣。找出一根绣花针，用火烧弯，穿上一根线，挂上一条蚯蚓，可以在井边卧钩垂钓。看着五彩的云霞映在水里，感受着蜻蜓点水的飘逸，顺着水面泛起的涟漪伸展思绪，听着风儿穿过苗尖的声音，真正能钓上鱼来是件很不容易的事。自制的土钩往往让上钩的鱼又及时跑掉了，虽然我的耐性足够有余。

有一次竟然也钓到了鱼，巧的是我正要起钩回家时，鱼儿咬着钩正跑呢。我一扬手，一条好大的鱼破水而出，鱼身伴着落下的水花透着火红的夕阳，景美心更美。我举着钩，鱼也不摘，顺着村子跑了一圈，羡煞了伙伴，当真是得意了一番。

北方的冬日，催降了雪花，凋落了绿叶，撕裂了地皮，啸黄了天地，也冰封了那坎井。冰下是一个世界，冰上又是一个世界。劈开几块木板，嵌上两根铁丝，钉出一方冰车；或锯一橛圆木，削制一陀螺，镶上一废弃钢珠，就又有了新的乐趣。划出的冰痕里印满了哧哧的笑声，旋转的陀影里舞动着无尽的快意。

至今，村里的古松又增多了一圈圈年轮，那坎老井再次遭遇削体的命运。由于地下水位的下降，那坎井因为水源持久，被村里人改装成食水井，盖了盖儿，只留一门洞大小的口在井东北角。

我每次回家都会到井边看上一看，寻找我对它不变的依恋。然而形与影都已远去，感受的只有物是人非。好在井周围的田比井高出一圈，每到夏季，这里也能出现那坎井往昔的模样。虽然是田中有井，但我坐在田畦上，还能回溯一下和那坎井一样逝去的童年。

幸福就是一场雨

◎董　宁

　　一次，和西北的朋友上网聊天，随口谈到窗外的阴雨天气，西北的朋友惊讶道："你们那里下雨啦？哦，你真幸福！"这也叫幸福？我立马明白过来，很多时候幸福在不经意间流淌，幸福其实很简单。

　　我每天提醒自己早些起床，把一切收拾妥当，步行去上班。不紧不慢地走，正好半个小时的路。这既活动了身体，又舒缓了生活节奏。走出家门，心里不再如往常那样紧张，脚步也轻快起来。春夏时，小区里小草绿叶勃发，吻着露珠儿在微风中轻舞。一抹阳光照射下来，露珠儿光灿灿的，美丽极了。我停住脚步，深情地看了又看，俯下身去轻轻抚摩了几下，手上便有了晨露和草香，心里也涌起一阵喜悦。情到深处时，掏出相机"咔嚓"一下，一个"草上露舞"的特写就这样定格下来。我把它挂在书房，每看上一眼，都会有一种幸福的感觉。

　　每天早晨，还有许多花农沿街站成一条线，叫卖各色花草。当第一缕花香袭来时，我放慢脚步，眯起眼睛，随着酥酥软软的"白兰花""茉莉花"盈盈入耳，我便沉醉在幸福的感觉之中了。这样的时光要持续两个多月。

无论别人是否笑我不知"鲲鹏"，我仍常怀"燕雀"之心，总是伸出手来，接住生活中的点点滴滴，将每一个被疏忽掉的幸福弯腰拾起来，放进衣兜，在时光的窖里藏起来。甩掉凝结的忧郁，还原澄明的心境，用心品味幸福的醇香，这一刻，你会发现，生活真美好。

　　幸福真的很简单。幸福或许是父母的一句叮咛、孩子的一个微笑、爱人的一句贴心话、亲朋的一声问候；或许是走出院子晒晒太阳、闻一缕花香、听一阵鸟鸣、赏一片月光；抑或是在网络纵横、手机如星星一样多的当下，接到的一封贴着邮票的书信……不要把幸福定义在"大"和"多"，幸福无法用指数来衡量，不会上统计局的表格，更不会像商品一样，摆在货架上明码标价。其实幸福就是一种感觉、一种心灵的触摸。常常那么一点点，却足以让人沉醉。不要认为幸福能从拧大的水龙头里流淌出来。

　　冬天的一场雪覆盖了原野，雪花盈满了眼帘。我发了一个短信，把这一消息告诉了南方的朋友。南方的朋友很快给了回复："你们那里下雪啦。哦，你真幸福！"我又一次感悟到幸福的含义，感受到幸福的温度。幸福就是一场雨，幸福就是一场雪。

风雨屋檐

◎ 张金刚

屋檐,无言。居老屋之上,伸屋墙之外,与屋顶齐眉,距天空尤近;虽身居高位,却无丝毫高傲之态,朴素低调、一心向下,默默地为人遮挡风雨、庇荫四时,不觉苍老了岁月。

春回燕归。辛勤温和的农人,最喜有窝新燕栖于自家屋檐下,更喜旧燕带着春来的消息识家归巢。"呢喃燕子语梁间",新燕、春泥、旧巢、屋檐,闪飞的燕子、春忙的农人,画面清新祥和,浸润着家的温馨。

不日,巢边探出几只嫩黄的小喙,叽叽喳喳呼唤着打食的大燕;数日,小燕出巢,与大燕一起在屋檐下飞舞。屋檐护燕,燕恋屋檐,年复一年,繁衍生息。

雨是夏的常客。绵绵细雨,在屋顶凝集,滑向屋檐。屋檐水,点点滴,你追我赶,前仆后继,滴在泥土里、水盆中、叶片上,既有灵动的画面,又有灵韵的微响。滴滴答答,似首迷人小夜曲。骤雨大作,雨水沿屋檐漫下,如珠帘;顺瓦口泻下,如水注。

雨下屋檐恣意拍打、流淌,哗啦哗啦,似曲澎湃交响乐。屋檐下,依窗而坐、凭柱而立,望雨听雨,思念之情油然心生,碎落满地；或静气凝神，任风吹雨打，心似无澜平湖。屋檐雨，弹奏心曲。

屋檐是秋来丰收的秀场。金灿灿的玉米棒，火辣辣的红辣椒，白生生的大蒜辫，绿油油的香菜辫，黄澄澄的南瓜条……悬于屋檐下，晾晒风干。顺着屋檐瞧去，高粱、谷子、花椒、花生、芝麻、核桃，削皮的柿子饼、锯开的葫芦瓢、煮熟的红薯块、切好的萝卜片，皆晒于屋顶，色彩缤纷，昭示着农家的勤劳。

随后，秋收的成果顺着屋檐一桶桶、一篮篮、一袋袋递下，颗粒归仓，贮存满屋。屋檐，洋溢着农家辛苦劳作换得的丰收的满心喜悦。

冬雪覆盖的屋檐，突显出瑞雪的厚度。白雪、灰瓦、蓝天，和谐搭配，成为枯黄冬野的明快一笔。屋外暖阳朗照，屋内暖气蒸腾，积雪消融成水，顺着屋檐滴流，润湿了干渴的冬季；寒夜，雪水凝成晶莹剔透的冰柱，在屋檐垂挂，折射出朝阳的七彩光芒。

过年，屋檐下又升起红灯笼，映照着红春联、冷冻肉，烘托出红火的春节氛围。冬季的屋檐，笼着农家的温暖与安详。

故土难离的麻雀，一年到头在屋檐下安巢、嬉闹；碧绿的苔藓、风落的种子，在屋檐上寻得一丝水土便生命蓬勃；攀墙而上的藤蔓，顺着屋檐飘移、搭成阴凉；袅袅炊烟，融着饭香在屋檐烟囱内升腾，催唤人归；一盏明灯，点亮屋檐，照着回家人、过路人；一家人，在屋檐下生活、劳作，吵吵闹闹、和和美美地度过平淡的日子；留守的老人，在屋檐下翘首期盼儿孙归来，又含泪目送他们远离。

屋檐，有种乡土的特质和故乡的情愫，载着乡愁在游子心中构成一道不老的风景。

屋檐，沐浴风雨，历经风雪，见证着屋檐下的生活风雨，更庇护着檐下人的风雨人生。

生如微雨会开花

◎潘玉毅

　　白日里下了一天的雨，衣服泡在脸盆里来不及洗。傍晚，趁着雨小，想去换一趟水，把衣服留到第二天再洗。但当我淋着雨跑到石凳前，端起脸盆时又不自觉地放了回去。

　　原先半满的水此时已经快要没到脸盆的边缘了，但衣服裤子没有被淹死而是浅浅地漂着，像是在向我宣示它们是天生的游泳好手。雨点落在水里，也没有立即沉下去，而是变成了一个个浮游生物，绕着脸盆四周跑开去，跑着跑着忽然就消失了。一滴、两滴、三滴……每一滴落下来的雨都是如此。他们像一颗颗跳跃的小豆子、小珍珠，拼命地奔跑着，直到力气耗尽，被盆里的水同化。

　　看雨滴在水面奔跑的样子，我感觉"水珠"这个词语形象极了。这种感觉是从心里爬出来的，非语言所能形容。雨滴与雨滴之间似有一种默契，不管是谁，只要跑出了脸盆，便能得到自由，得到重生。在这样一种信念的支撑下，它们前仆后继，谁也不肯退缩。尽管一个个前辈都失败了，但后来者依旧愿意做最大努力的尝试——这让我想起斑羚飞渡的故事，因为它们不但一样的固执，还有一样的牺牲精神——那一滴滴被同化成水精灵的雨滴，不正是在为最后一滴雨的绝处逢生铺路吗？想到这点，我又是感动又是惭愧。

相信这个世上许多人如我一般，起初都有美好的憧憬，但随着日月的消磨，一腔雄心壮志都化作了虚无，许多美好的愿景到最后也都变成了海市蜃楼。虽然其中或有不可抗拒的外在阻力，但如果仔细推敲，亦是我们不肯努力的结果。我们遇事总是畏首畏尾，不愿放手一搏，总结失败原因的时候还老是避重就轻，将客观原因无限放大，将自身的过错刻意隐藏。日子久了，便愈发懒惰。想想真是不应该。

雨滴于我而言是位很好的老师。微不起眼的雨滴落在脸盆里连水花都溅不起来，却能在水面上结成水珠，尽管极其短暂，但是活得精彩。当水珠迸裂的时候，其美丽并不比花儿逊色——它似乎想告诉所有人：就算生命卑微，只要不放弃，也可以在水里开出花来，让生命绽放出光彩。物尚且如此，何况人呢！

我素来是个喜雨的人，此时自然愿意成全雨的顽强。我轻轻地将脸盆依照原样摆好，淋着雨回了屋。

向往闲适

◎鲁雪利

所有的诗情画意都让岁月匆匆的脚步赶得无影无踪。很想静下心来，仔细欣赏生命河流两岸的风景，岸边曾有的足迹……

可是，思念的风筝还没有飘飞，思绪就得被凡俗之事强行拖拽……

只有匆忙，方知停下脚步的可贵。

只有喧嚣，才知宁静淡远的可贵。

只有烦扰，才知空山绝尘的可贵……

当生活路途的泥泞玷污裤脚时，当苦雨寒风掀起紧裹的衣衫时，真的好想皱眉，好想叹息，好想驻足，可是理智提醒，你依然要前行，因为还没有可供休憩的十里长亭。

向往眼前猛然出现一丛淡菊，轻嗅缥缈的花香，凝望悠远的南山，品味陶渊明的超然。

向往身边偶然轻掠两只粉蝶，扇动轻盈的翅膀，带你入如烟似雾的梦境，沉醉于庄子的痴迷。

向往头顶盈盈然飘来卷舒自如的白云，自由飘逸，不受约束，感受李白的洒脱。

向往一人独坐，让轻柔舒缓的音乐催眠。

向往一人兀立，让明媚和煦的阳光抚摩。

向往一人凝眸，与满天闪闪的星斗对望。

向往投入有青山绿水环抱，纵横阡陌延伸，鲜花满地开落，小鸟啁啾和鸣的世外桃源……

向往什么都不用想，什么都不想，让清风拂面，细数掉落的花瓣……

云淡风轻

◎李景超

    云淡风轻的人，饱受磨难，历尽炎凉，久经冷暖，把人与事看得开了，看得透了，不再看得繁杂，不再看得神秘，不再看得惧怕，如风雨雷电刚过的晴空，似枯木逢春的嫩芽，如经过激流险滩归于平静的河流。

    热闹、喧哗、光鲜都是浮在面上的，云淡风轻却是发自内心的，气韵在内里氤氲，气质在内里风骨流转，是真正的内敛，是真正的含蓄蕴藉，是有温度又有厚度的，是深沉而飘逸的，更是真洒脱，真飒爽，无一纤尘，无一做作。

    云淡风轻，是绿叶的影子，是灯盏的光芒，是花朵的香气，是山的安静，是你我的沉静而不慌张。

    不管东西南北风，冷静面对冷颜热面人，做伏在茧里的蛹，更做藏在花心的蕊，嫩小有时也是伟大而美丽的。

    赏遍繁华，阅尽沧桑，山一样持重而庄，水一样流深而媚，是石蕴玉，是水怀珠。

    云淡风轻，有时候，只是简单，乐享生命最初的原味和宁静，淡泊明志，宁静致远，反观自身，明心见性，做深沉的凝望，做慢下来的沉淀，做卸下负担的思考，做短暂的休整安眠。

更是一个人在自我的风景里进得来，出得去，进出自由畅达，身心通泰。拿得起，放得下，让生活过得有滋有味、有声有色，达到内外和谐天人合一的至美至高境界。

云淡风轻的人，一定能在简单里找到深刻，还会化复杂为简单，让宁静开花，让孤独蓬勃，让浮躁安坐，让挫折和阻力消化为成长的营养，让整个人生波光潋滟，丰富满足。

因为他从无数次苦难中走过，早已把苦难踩在脚下，或化为肥料，喂养自己的精神，强壮自己的骨骼，强大自己的灵魂。这种人坚毅果敢，坚持到底，已经解开命运的绳索，走出了人生的低谷，变困难为前进的力量，没有谁能够真正打败他。一切对他来说都化为淡云和轻风。他既会含泪微笑独舞，也会与大家一起进行生命大合唱。总之，他的人生一路走来，血水、汗水、泪水等早已灌满了每一个前行的脚窝，把弯路和直路都镀得锃亮锃亮，山水都不愿不忍再阻挡他的步履。

让我们都达到云淡风轻的人生境界吧！

"低调"絮语

◎张　峰

一

　　所谓低调，就是在某个领域取得了突出成就后，不得意忘形、盛气凌人，不忘乎所以、目空一切，而是以平淡的心态对待成功，谦和待人，谦虚处世。

　　博学多才的启功先生是低调的。他一直反对别人称他为"大师"。他在六十六岁时曾写下《自撰墓志铭》："中学生，副教授。博不精，专不透。名虽扬，实不够。高不成，低不就……"我国航天事业的奠基人钱学森是低调的。他拒绝上任何名人录，当中央领导同志去看望他，高度评价他的突出贡献并号召全国所有科技工作者向他学习时，他连连摆手说："向我学习，不敢当！"

　　"圣人终不为大，故能成其大。"真正的大师、大家，都是低调的谦谦君子。他们的低调，绝不是一时的装样，而是源于其谦和不自傲的品格。

二

　　说低调是一种品格固然不错，然而我却要说，低调首先是一种清醒，一种智慧。这种人是生活的智者，他们知道自身的渺小，因而懂得敬畏大自然，懂得敬畏人世间一切永恒和博大，懂得山外有山、天外有天的道理。他们的谦虚和低调，是在清醒的自我认知的基础上自然而然衍生的人生姿态。

三

　　《克雷洛夫寓言》里有这样一个故事：马车上装着两只木桶，一只盛满美酒，一只空空如也。一路上，盛满美酒的桶沉默不语，空空如也的桶则不停地大喊大叫，又唱又跳，吸引了不少路人的眼球。寓言要告诉我们的是：肚里愈没有货，叫喊得愈凶。"君看桃与李，成蹊亦无言"，低调的人之所以能保持低调，是因为他们有足够的学问和见识。

四

　　低调的人更是生活中的强者。他们深知，一切的成功靠的都是自己诚实的劳动和不懈的追求，当别人投机取巧、大肆张扬的时候，他们做的都是诚实诚恳的蓄势待发的工作。因此，他们总是能抢占先机，获得更大的成功。而当一个目标实现以后，他们又立即把目光投向更高远的目标。他们没有时间张扬自己，更没有心情去卖弄显摆，自吹自擂。他们用自己的言行，证实着"若升高，必自下；若陟遐，必自迩"的道理。"人能虚己以游世，其孰能害之"，谦虚为人、低调处世的人，还能避免外界的干扰，专心于自己的事业，从而取得更大的成就。

五

大海永远把自己放在低处，这才成就了它的深邃与浩渺；被风吹上云端的尘埃，沾沾自喜，自高自大，却不知道无论它怎么张扬和炫耀，也不过就是一粒尘埃而已。

和低调的人相比，喜好显摆张扬的人有时虽然能占尽风光，但最终只能是昙花一现，等待他们的，必将是空空如也的结局。

茉莉素，流年香

◎王举芳

晨光微露的清晨去跑步，习习的风里飘来淡淡的香，是茉莉香。驻足，四处搜寻香气的来源，未果。

我喜欢茉莉，喜欢它的素洁，喜欢它素雅的情怀，纯洁而美好，缱绻着不染尘埃的流年。

记得那年夏天，茉莉花开得正好，母亲把茉莉搬到窗台上，风吹过，屋里屋外都弥漫着淡淡的茉莉香，芬芳宜人。那是我第一次见茉莉花开。茉莉花娇小玲珑，清纯淡雅，颜色如玉，惹人怜爱。有时候，我会对着那些小巧精致的花朵发呆，母亲总会走过来，对我说："妞妞，长大了要做茉莉一样的女子，素心素颜，却自有风韵。"十几岁的我，已是爱美的年纪，怎么会属于"素"呢？内心里渴望的是妖娆妩媚。

一次去江南游玩，是茉莉花盛开的季节，秀丽的江南女子，鬓发间簪一朵茉莉花，款步走过，留下一路幽香。让人想起清代诗人陈学洙的《茉莉》诗："玉骨冰肌耐暑天，移根远自过江船。山塘日日花城市，园客家家雪满田。新浴最宜纤手摘，半开偏得美人怜。银床梦醒香何处？只在钗横髻发边。"心浸润在茉莉花的素净里，仿佛远离了尘埃，飘然世外了。

夏日，茉莉花含苞怒放，香气甜郁、清雅、幽远，沁人心脾。想着江南女子簪茉莉花的灵秀，禁不住心动，于是，摘下一朵茉莉花别在发间，坐在镜前端望，时光一晃千年，若发簪戴茉莉的古时女子，虽不倾国倾城，却别具风韵。如雪晶莹的花儿，伴随着淡淡的清香，把一份悠远的梦轻轻托起，于灵魂深处，婉转低语。

闲读李渔的《闲情偶记》，文中有关茉莉的描述："茉莉一花，单为助妆而设……是花皆晓开，此独暮开。暮开者使人不得把玩，秘之以待晓妆也。"他还说，"是花蒂上皆无孔，此独有孔。"急忙摘一朵茉莉花细细看，果然，画蒂上真的有孔。找来针线，像《红楼梦》中的迎春一样"在花荫下拿着花针穿茉莉花"。茉莉花随着指间的针线，继续芬芳散逸，一朵一朵缀成项链挂在项间，低头抬头间，都是清香袅袅。

路遇花店，茉莉花生机勃然，素淡的花，绿绿的叶，风姿绰约得如女子，莫名的亲切，仿佛久违的故人。带回家，精心照料，早早晚晚，相知相惜。

窗外嘈杂纷繁，窗内的我对着冰清玉洁的茉莉花，时光安静下来，素心人对素心花，一切的喧嚣便都踏尘而去，变得简单安宁。我终于理解了母亲的话："素心素颜，却自有风韵。"

一朵茉莉花，从绽放到凋零，只有短短的三四天。不禁为它的暗香残留而心有戚戚。

友人说："何不让它成茶，继续芬芳的旅程？"无限怜惜地摘下花瓣晾在阳台上，等风干了，洗净了，在杯子里放几许清茶，再放几朵晾干的茉莉花花瓣，倒入白开水，瞬时，幽幽的香气在杯里升腾，萦绕。轻啜一口，淡淡的茉莉香，伴着丝丝缕缕的心思，悠然沉浮，上下氤氲。花瓣慢慢张开，花形不似在枝头时那么规则了，却多了几分妩媚。一缕阳光透过窗户在花瓣上描出精致的图形，所有纠结的心事瞬间低下去，只留下一颗沉静的心。

与农事有关

◎ 胡宗波

地　窖

像一张张开的大嘴，将还带着人们体温的红薯吞下去，储存在心里，捂成来年的希冀。

在鄂西南的山区里，家家都建有地窖。那是人们储藏未来的地方。

从不多言。你的存在，只重复两个动作：吞下，吐出。

口中吐出的绝不是对岁月的妥协。吞下的也不仅仅是对生活的热爱。

地窖从来忠心耿耿，不仅竭尽全力领会主人的心思，更忠诚地执行着主人的命令。

在你心里，这也是一种信仰。

你把时光沉淀在心里，希望更显悠长。只要有地窖偎在身边，人们便可大张怀抱，从容迎娶生活，孵出梦想。

真正的未来，是地窖领着我们抵达的呀。

鄂西南山区的人心实，懂感恩。地窖却宠辱不惊，依旧把所有情怀都储存在心间，埋头为人们孕育更美好的生活。

犁　铧

以牯牛为向导，匍匐身体，用头颅喂养大地，松动泥土的思想，犁开岁月的沉寂。将所有的荒芜，翻译成蓬勃的生机。

没有高谈阔论，亦无豪言壮语。只有摸索、前进，每一铧泥土，都写满了故事。

将潜伏在泥土里的凶险或秘密探出，绘制成季节的地图，提供给萌动的生命阅读。读懂了泥土的语言，一株株嫩芽，便能迅速适应、融入，蓬勃成绿色的希望和庄稼的光芒。

与岁月和泥土的长期磨合，浑身被打磨得锃光瓦亮。一些光亮遗留在了泥土里，便化成一个个路标，为未来的种子指出方向。

将时光疏松得更松软些！泥土的气息就更浓烈了。

泥土的气息，就是生命的气息。

有这股气息的氤氲，人们的日子就结实了大半。

草　帽

将天上的太阳缩小，摘下来，在冷水里泡泡，戴在头上，就不再惧怕生活的骚扰。

在鄂西南的山区里，家家户户都有好几顶麦秸草帽。它是乡村的徽标。每年时辰一到，麦秸草帽就斜在汗水浸润的头上，屏蔽淫雨或是骄阳；或被抓在手里，驱赶蚊虫和热浪。

　　成为草帽之前，纤细的麦秸，一排一排的，被排兵布阵在平坦的晒场。当太阳吸干体内的血液，麦秸又站立成草帽。

　　站在人们头顶，虽说高高在上，草帽却甘愿伏下身子，暴晒着自己，为农人挽留住一段又一段不被烤焦的时光。

　　草帽，朴实得如同山里的汉子。

　　一顶草帽，绝非装饰品。

小巷的外衣

◎朱文杰

6月，一个多雨的时节，湿润而闲适的环境里，最容易滋生的东西恐怕就是青苔了。

落的雨多了，青苔便会无声无息地在水里、雾气里滋长。早或迟，淡或郁，一夜之间它们就可以爬满角角落落。青苔似一个江南女子，温婉而又羞涩地长在潮湿的角落里。也许你走过去了，并不会注意到它，因为它似乎并不起眼，那么渺小。

想到青苔，便不由自主地想到了小巷，青苔是应该长在烟雨小巷里的。其实并不能够确切地去描述这样的画面，只是觉得江南的小巷就应该和青苔扯上那么一丁点的关系，就如同不经意地去绘一幅画，而画中必须有些搭配，可以丰富我们的眼眸。

平日里，我最喜欢到小巷去走走。夏天的午后，阳光很好，但小巷里却是很少有阳光顾及的，走在里面有一股沁骨的凉意。这样的小巷最适宜长青苔了，斑驳的墙壁、灰白的瓦楞、光滑的石头……绿绿的，色泽很深，有着丝绸一般光滑的质感，手一触及，一股凉意便依约而来，像轻风、似湖水、如微雨淡墨，纯粹自然。你总可以感觉到有水汽在青苔上行走，浸润了心肺，于是心便也成了一片青苔，安静、雅致。

在江南，倘若你静静走过一条小巷，那小巷或许是悠长而又寂寥的，青石板铺成的小径让你恍惚间跌落到了时光的边缘。这时候，你也许可以看到一些青灰，残旧的墙上爬满了一些绿绿的却湿润的东西，这就是青苔，长得很细小，非常的密集，毛茸茸的样子似乎并不起眼，但是却很顽强。一个角落、一些水汽就足够它们生长了，它们静静地长着，毫不张扬。

青苔，给小巷披上了一件绝美的外衣。

有的时候，喜欢坐在安静的小巷石板边上，细细地品读这些青苔的模样，我想象着这些幼小的生命，是怎样在江南的烟雨水巷，在寂静的角落里成长。也许在如此安静的背后也有属于它们自己的忧伤和快乐吧？曾经在某一本书上读到过这样一句话："看到墙上长满了的青苔，是如此的淡定却又是多么沧桑啊！"想来就觉得有些伤感，在青苔滋长的时光里，似乎经历了太多的轮回和忧伤，虽然它是如此的不动声色。

细细想来，人如果做一片青苔也好。附在瓦楞上、墙壁上、青石板上，细细密密、无声无息地绵延。烟雨和阳光从身体上触摸，等待着时光在轮回里穿梭而过，安静地生活着，并不喧闹。也许生命里永远也体会不到什么叫奢华，一如青苔生长的小巷，但又有何憾呢？

和衣而眠

◎董改正

"和衣而眠"的最佳联句是什么？我觉得是"随遇而安"，它们的意味也大抵相似。

春日读书，书是好书，时为上午，浓茶已斟，却依然困意如潮。遂抛书在椅，投身于床，正待要宽衣解带脱鞋去袜之时，忽然想到前几日郑重其事去睡，后来却被惊扰得睡意如警惕的蜻蜓，不敢落于晃动不定的莲秆。就废然兴叹，草草掀开被子，侧身横躺，拽被角搭住腹部，鞋袜不脱，双脚着地。却霎时睡意汹涌而来，漫过肢体，刹那入睡。

几次都是如此，觉得很妙。妙在不刻意，行到水穷处，坐看云起时。

和衣短睡就像一篇小品文，其韵在于随性旷达，不需要提纲，也不需要构思良久，心之所至，笔便追随而来，意尽而止。世上大千，于我有何哉？我只取一瓢饮。和衣短睡，就是小品睡。乘兴而来，兴尽而归，干净利落，但余韵悠悠。

一段酣畅淋漓的短睡，赛得上一夜长眠。

人生也是如此。金庸说，人生最好是大闹一场，然后离去。其义也在随性潇洒、不拘不羁，如同和衣而睡，甚合我心。

大闹一场，又毫不拖泥带水离去的人，背影很美：就像人去后，瓜皮果核满桌，一钩凉月如水；就像舟去后，波心荡冷月无声，一湖涟漪如琴。青山隐隐，绿水悠悠，和衣而眠，有的就是这种潇洒的心态，不刻意、不强求，不循桃花而去，而忽逢桃花林。那寻桃花源的刘子骥虽是高人，但刻意去寻，当然找不到。

世上求证桃花源的人，都落了下乘。源在心间。你不去寻找，反倒悠然见南山，桃花源就是这么出现的。就像和衣而眠，睡眠蹑足而来，罗袜如莲。

喜欢抄写太白诗。或悠然，"众鸟高飞尽，孤云独去闲"；或深情，"夜发清溪向三峡，思君不见下渝州"；或豪放，"五花马千金裘，呼儿将出换美酒"。纵然是对仗工整的"一叫一回肠一断，三春三月忆三巴"，也是浑然天成，都如"两人对酌山花开，一杯一杯复一杯。我醉欲眠卿且去，明朝有意抱琴来"那般随意自然。诗贵真、贵率性，太白是天生的诗人。

诗性的人生，贵得适意。苦恼无非"多少"而已，不必等那张铺得锦绣香软的床，也不必定要等来身心完全顺遂的自己，纵不能"死便埋我"，当可以"和衣而眠"。

第四部分

静候流年，以待花满枝头

时光是一只小虫

◎于永海

　　一天晚上临睡前，我收到朋友发来的一条信息，这条信息只有一句话：时光是一只小虫。看到这句话，我心里仿佛有一根弦被轻轻地拨动了一下。

　　一直以来，我们大都将时光比作匆匆而过的事物：时光如箭、时光如梭、时光像一颗流星、时光如白驹过隙……将时光比作一只小虫，如此可爱、俏皮的比喻，我还是第一次听说。但是，这个比喻却让我眼前一亮，甚至颠覆了一直以来我对时光的理解。

　　时光是一只小虫，它从来都不紧不慢。即使你已经急得如热锅上的蚂蚁，甚至是即将被火烧到眉毛了，时光的脚步也从来都不会乱，始终都是慢条斯理地推动着慵懒的钟摆，"嘀嗒嘀嗒"地来回摇晃着。坐在树荫里下棋的老人，一盘棋可以从早下到晚，最后还常常以握手言和为结局，在他们的眼中，时光的小虫就是不紧不慢的，而下棋便是看着这只小虫慢悠悠地爬过，在岁月里留下一道浅浅的痕迹。

　　时光是一只小虫，它从来都不偏不倚。不管你是坐拥金山的"土豪"也好，还是一穷二白的乞丐也罢，在时光小虫的心里，全部都是一视同仁，即使用再多的金钱，也买不来它天平的一丝倾斜，正所谓"寸金难买寸光阴"，在这一方面，时光小虫完美地做到了"公平、公正、公开"。也正因为如此，虽然大家的人生轨迹并不相同，但在时光小虫的面前，每个人都是平等的，谁都没有特权。

时光是一只小虫，它从来都不缺少奇迹。每一只小虫，都有一个破茧成蝶的梦，时光这只小虫也不例外。在我们每个人的生命中，都有一只独一无二的时光小虫，它会随着我们的成长而成长，经历我们的坎坷、磨难，感受我们的悲欢、荣辱，然后将这一切化作一只茧，完成最终的蜕变。当一只美丽的蝴蝶破茧而出时，一段精彩的人生便演绎到了最华美的高潮！

时光是一只小虫，此时此刻，它正在悄悄地向前爬着，用一个个小到不能再小的脚印，谱写着岁月的长诗，丈量着那条没有尽头的历史长河……

静候流年，以待花满枝头

◎官利民

记得，那一次去看梅花，是在细雨轻飘的雨雾里，花开半树。

当我们撑伞来到高高的山岗上远远地向下望去，整个梅海就不真切了，隐隐约约地就成了一种梦境般的迷离。这样的梦牵引着我的心绪，一缕淡淡的忧伤不禁盈满眼帘。多年以前，也是在这样细细的雨幕中，静静伫立，凝视着那一株株结满花苞的秧苗，任雨水打湿我的衣裳，似乎有一种世界尽头的清冷，远了尘世，淡了时光……

久居都市的人们，在熟悉了城市里特有的气息之后，总会生出一些理由而选择"逃离"，为迎面而来的清新，为卸下一身的疲乏寻找一刻的洒脱，来到郊外，钻进了远离市区的梅林。

走进梅林，游人虽多却少了往日的喧哗，在这春雨纷纷的世界里更能感受到这山间的悠远与宁静，每一个赏花人的脸上多了些恬淡安然，在步履从容姗姗来去的游历中好似多了岁月的寂寥与厚重。花虽半开，悠悠暗香也被雨水冲洗得没有了踪影，可人们依然耐心地走完赏梅的心路，没有一句怨言，有的是那心境如水的悠然。

如果一个人只是纯粹地静守流年，那只是一种孤独，是伴随着寂寞难耐的煎熬。可是，如果他在静候流年中不停地思索，甚至是有着一种痛定思痛的决绝，他的思想就不是静止的，他是在静静地等待着自己人生宇宙的最后爆发，最终会以一种崭新的姿态来迎接新的生活。他在孤独中追问自我，在孤独中磨砺自我，在孤独中完美自我，在孤独中挑战自我。有思想的人会在孤独中塑造着人生的奇迹，他不孤独，因为他和思想在一起……

有时，回忆真的就像一把细细的锥子，扎在身上，痛楚却在心里。那一段不堪回首的往事，那个令我心痛、令我怀念，让我想要忘记又无法舍弃的故乡啊，你给了我生命的希望，却不能给予滋补我生命所需要的养分。在生活的海洋里我沉浮跌宕，在人生的道路上我拼搏无门，几番挣扎。最终，我选择了静候……肩上扛着一把开荒的尖镐走向了一片荒芜，播下种子，等待收获，收获黑色的土壤带来的希望……生活终会让我们懂得一个亘古不变的真理，只要你不肯为苦难的命运低头折腰，浓了岁月的是永不言败的过往。

静候流年，以待花开。

如今，虽然很少在南国的梅中欣赏到雪中傲然绽放的身姿，但，他的花开依然选择在寒凉时节，经过凄风苦雨后，才把最美的容颜展现在世人面前。

梅花香自苦寒来。

静候流年，以待花满枝头。

花自无语

◎葛岱绿

　　仲春，太阳一出来，气温就陡然上升。春色撩人，处处游人如织。繁花纷杂，柳丝如烟。"紫陌红尘拂面来，无人不道看花回"，然而那些缤纷的花朵，自顾开、自顾谢，无视车水马龙的喧嚣尘世。

　　阳光耀眼，我一边在花荫底下驻足休憩，一边欣赏起眼前的茶花，惊叹它的优美绝伦。一株开两色，这儿一朵酡红如醉，那儿一朵粉白似雪。白的素雅，红的热烈，风格迥异，却也相映成趣。层层叠叠，这些花儿都有着繁复的花瓣，衬着翠碧油亮的叶子，宛如美人盛装出场，尤显典雅高贵。

　　花自无语，几分美丽恍惚，不禁使人遐思万千。庄子曰："天地有大美而不言，四时有明法而不议，万物有成理而不说。"四季更迭，光阴流转。花在寂静中修行，在喧嚣中沉思。它有大美而不言。

　　古人云："三日不读书，便觉语言乏味，面目可憎。"春日融融，我来到了图书馆。刚踏入外借室，扑面一股清凉幽寂、隐约薄荷的气息。书在高高的书架上，排列有序，包罗万象。书亦温柔无语，耐心等候忠实的读者。借回一本《我自静默向纷华》，封底有介绍说："作者梅特兰引领我们一睹静默之魅力。她证明，在这个陷入喧闹而越来越无法自拔的世界里，静默有多么重要。"

刹那间，我已无可救药地爱上了静默，就像痴迷于一朵花的美丽。

风中的茶花，无语而嫣然。李渔赞誉它花开持久，越开越盛。"具松柏之骨，挟桃李之姿，历春夏秋冬如一日，殆草木而神仙者乎？"逍遥如神仙，想必一定豁达智慧，淡泊超然。历经风霜，阅尽繁华，依然保持淡然天真，朴素自然，才是大美的人生。

草木无言。它们悄然绽放，无声无息地凋零，在静默中韬光养晦。纷繁俗世，熙熙攘攘，我愿意避开人群，俯身花前，倾听寂静之声。人，作为芸芸众生中的一员，渺小而敏感，易感知世态炎凉，人生无常，不免伤春悲秋。如果怀着一份出世的心情入世，则可看淡红尘万物，抛开诸多远忧近虑，细屑琐碎，将一切化繁为简。忙时干活，闲时赏花，聆听大自然的天籁之音，在悠远宁静中，与自己朝朝暮暮，共度锦瑟流年。

有一朵莲在轻声唤我

◎杨　慧

　　诗人洛夫在《众荷喧哗》中这样写道："要看，就看荷去吧／我就喜欢看你撑着一把碧油伞／从水中升起"是呀，要看，就去看荷吧！有诗人相约，一起去看荷。临行的那天早上，我的心美好得如一朵盛开的莲花。

　　天空湛蓝，白云朵朵，微风习习。见到笔架山这片荷塘时，它正静默在上午最好的阳光里。满池的莲花，亭亭玉立，层层叠叠，一枝一枝立于水中，清香远溢。一片一片柔美的花瓣，有粉、有红、有白、有黄。这些怒放的，从容、干净、婉约的，无声无息的莲花，可是唐诗里的一枝？宋词里的一朵？哦，这应该是北宋词人周邦彦笔下的"叶上初阳干宿雨，水面清圆，一一风荷举"！

　　还有那圆圆田田的叶子，是朱自清笔下舞女的裙，裙子上面有滚动的小水珠，有凝望的小青蛙，还有一些零星点缀的小花瓣。哦，这些小花瓣多像一艘艘小红船，它们要驶向哪里呢？

　　多年以前，是谁向这里投下的莲子？多年以后，竟然与我相遇。此时此刻，望着这池莲花，我的心中又寂静又欢喜。

　　我敬重这个世界上每一个存在的生命，我常常为一些微小的生命感到骄傲。想起了季羡林的那片"季荷"。有人从湖北给季老带来几颗洪湖的莲子，季老把这些莲子投到了他楼前的池塘里。之后的日子里，季老盼星星、盼月亮，天天到池塘边观望。这一盼就是四年，奇迹才出现。季老后来在《清塘荷韵》里这样说："天地萌生万物，对包括人在内的动植物等有生命的东西，总是赋予一种极其惊人的求生存的力量和极其惊人的扩展蔓延的力量，这种力量大到无法抗御。"

荷花有"六月花神"的雅号，一般在六月盛开。其实在北方，莲花真正的盛开，开到"接天莲叶无穷碧，映日荷花别样红"的景观，一定要等到七月。每年这个季节，我都惦念着去看荷花。一朵花其实和人一样也有情感，也会孤独。当两朵花在一起时，它们就会开始窃窃私语，共同分享彼此的心事。所以无论哪里的莲花都不是独立的一枝，往往长着长着就长成一片一片，开着开着就开成了一朵一朵。而那些喜欢莲花的人们，看着看着生命里就会渐渐有了莲花的痕迹。

人生最惬意的事，莫过于闲看花开花落，漫随云卷云舒。静坐于这片荷塘，内心一瞬间变得开阔纯净。什么都不想了，世俗的琐事早就被抛到了九霄云外。看取莲花净，应知不染心。其实我们的梦想很简单，我们一路千辛万苦所追寻的不过是一颗简单清净的心！

"出淤泥而不染，濯清涟而不妖"这是我中学时代在日记本中写下的格言。那时年少，只是默默地喜欢这个诗句，抄了一遍又一遍，也不懂更深层次的意义。随着年岁的增长，越来越喜欢那种清净自然删繁就简的生活。其实身处万丈红尘并不可怕，可怕的是心中装满了红尘的喧嚣。

这个世界上最美的风景不在大自然，而在每一个人的心里。这心里一定要有一朵永不凋零的莲，洁白无瑕地绽放着。

我是一个喜欢做梦的人，常常痴迷于这种童话般的境界之中，不愿醒来。

这个夏日，这青山、田园、阡陌，这流水、荷塘，就这样端庄地与我相遇。那叶、那茎、那苦心的莲子，无不诉说着人生的意义；那净、那雅、那香，无不是生命意义最好的诠释。

可是，我要走了，诗人在那边等我。我走了一半，又停下，回过头去寻找，仿佛听到有一朵莲在轻声唤我。

我想，一定是我刚才拍照时注视过的那一朵，最美、最静、最温婉的那一朵。

遇　见

◎刘发泉

　　有位作家说，阅读不过是一场寻找，是渴望与另一些人、一些灵魂的相遇。我颇以为然。

　　然而我读书总是不求甚解，所以遇见的多，遗忘的也多，擦肩而过的更多。但终究有一种遇见，似曾相识，让人怦然心动，并且越往前走，越感到有"蓦然回首，那人却在灯火阑珊处"的味道。

　　读《美丽的茧》，遇见的是少年的倔强和孤傲，让世界拥有它的脚步，让我保有我的茧。当溃烂已极的心灵再不想做一丝一毫的思索时，就让我静静回到我的茧内，以回忆为睡榻，以悲哀为覆被，这是我唯一的美丽。让懂的人懂，让不懂的人不懂；让世界是世界，我甘心是我的茧。

　　而今心灵的茧只余残缺的壳，浮华的心却如一座空空的城，在圆熟的人生彼岸遥望青涩年华，世界还是世界，我已失去我的茧。

　　沈从文写道："一个小小的殷勤，能胜过更伟大但是潜默着的真爱。"

　　诚如斯言。生命中那些小小的幸福，会成为甜蜜的、令人回味的记忆。而沉默的真爱，埋藏在时光里，也许永不会说出、永不被察觉。但很难说孰对孰错，谁胜谁输。因为，爱，是心灵最深处的感觉。

有人说"遇见你我变得很低很低，一直低到尘埃里去，但我的心是欢喜的，并且在那里开出一朵花来"，比之"玉颜不及寒鸦色，犹带昭阳日影来"如何？

而也有人因为这诗为古人打抱不平，觉得"白白地叫人看了笑话去"，比之"所有不被珍爱的人生都该高傲地绝版"，境界不可以对比。在乎自己心里的感受，远比在乎别人的眼光重要。

琦君在小说中这样诠释"长沟流月去无声，杏花疏影里，吹笛到天明"：尽管长沟中月影无声地流去，而她只顾弄笛，忘了夜深，忘了时光的流转，不觉已到了天明。这是风露终宵之意。

真没想到这句词会被这样解读。从前喜欢的是词中那心有同感的淡淡忧伤，时光流逝，风华不再，知交零落，人生也就这样看开了。也没想到这场景如此熟悉，月华流去，风露侵衣，杏花疏影里笛声呜咽，配上那首萧曲《绿野仙踪》，岂不是正好？

张晓风下笔让人会心一笑："如果我老了，你还爱我吗？""爱。""我的牙都掉光了呢？""我吻你的牙床！"

作家还是可爱，设定了这样一个温暖而甜蜜的命题。而真到老了，也许是相看两不厌，也许是无言以终老。

阅读，也是一种灵魂的检视。你遇见了谁，就会看到怎样的风景。而心意投契的相遇，是最美的遇见。

水

◎梅　朵

一

世界上的水，有的流进大海，有的存在于地下，有的静静地挥发，有的渗透在万物里，然而，最灵动的水都存在于生命里。

比如花草树木，它们的枝叶根系里都流淌着水，它们的生命是水的汇聚，它们甚至可以被看作水的海洋。

比如虫鱼鸟，它们的体内也流淌着水，它们的运动都是水的汹涌和奔腾。

从某种意义上来说，一切生命的形状都是水的形状，也可以说，一切生命都是水的容器。

有生命的东西，展示的都是水的美，换句话说，它们的美就是它们和水融为一体的样子。

一切生命因为水，有了精神，一切生命中的光亮都是水在反射太阳的光芒。

水和时间一样，存在即生命。水借助万物托生，水总是忘记自己。

二

是水把月亮请到了地上，水是月亮最美的请帖。也只有水能邀来精神天空的月亮，从而使自己有了一颗发光的心脏。

水是天地之心，水让一切留下影子，水让一切变得很轻，水让一切变成内心里的浮萍。也因此，一切都会在水中获得生命，甚至石头。

三

古人有云：万物皆可为我师。水就是我们最好的老师，水的一切都值得我们学习，甚至可以说水是完美的化身。无论你对水抱有什么样的希望，你都不会失望。

水最有梦想，就像太阳，很小的时候就知道把光芒送给所有的人，水很小的时候就开始走上寻找大海的路了。

水最达观，最懂得随遇而安。它随物赋形，行于所当行，止于所不得不止。能走动就走动，能渗透就渗透，能挥发就挥发，就是不动的时候，自己把自己当作大海，即使只是一滴水，它也有着大海的心态。

水有最宽阔的胸怀。再小的水、再浅的水，它也能像镜子一样装进万物，映照天地。

水最勇敢。不管前面是深谷、是悬崖、是火海，还是地雷阵，它都像一匹烈马伸着倔强的脖子勇往直前，永不回头。

水最有智慧。它总是能绕过高山，走向低处，永远不辜负远方大海的期待。

水最诚实。它像阳光一样透明，我们永远能看到它晶莹的内心，无论深或浅，它都从一而终的透明。

水最善良。它有着一颗充满母爱的心，它用生命的乳汁喂养着这天地间所有的生命。让自己的生命在别人的生命里得到升华，获得永恒。

水也最痛苦。一生中会不断面对三态的变化，可以说一直处于出生入死的境地。对于它，生就是死，死也是再生。

除了这，水还有更多的美丽之处。所以，每次面对水的时候，我们都会情不自禁地低下头来，此时，俯视就是最高的仰视，仰视就是最好的学习。

所以，我们会说，山在仰视中伟大，水在俯视中伟大。对水的俯视也是我们对水表达的最崇高的敬礼！

成熟从接受不完美开始

◎ 陈柏清

上初中的时候，我经常幻想同桌的爸爸是我的爸爸。她的爸爸高高的个子，白皮肤，话语温和，很儒雅厚重的样子。最主要的是她爸爸出差回来除了给她买衣服还给她买好多名著，那是我非常渴望的。看着她摆弄手里的书籍，我羡慕得要疯了。

我爸爸喜欢喝酒，有时候喝醉了还会骂人，有限的出差他也不会记得买礼物给我。有一次在街上我们相遇，两个大人寒暄，我们悄悄挤眼睛。道别的时候，我回了好几次头，看见同桌被她爸爸牵着手，觉得她真是好幸福。我跟在爸爸的后面，看着爸爸并不高大的背影，心想，这就是我爸爸，这是无法更改的事实，无论如何我都要爱他，而不是别人的爸爸。那一刻我觉得自己一下子成熟了。夕阳照在熟悉的街道上，我却感到了某种不同，某种升华后的自豪与复杂，还有少有的平静、淡然。

从那以后我再听到她跟我讲她爸爸对她的那些好，我也不再纠结，也不会黯然神伤，因为我知道纠结和伤感不会带来改变，正如她会跟她的爸爸生活在一起，我永远不会改变我有这样一个爸爸的事实。我们必须承认自己无法改变的不完美，并勇敢地接受它。

承认不完美是成熟的开始，它就像一道公式，用这道公式思维，一下子可以解决很多问题。毕业考研，我只差了一点五分就可以选学更好的专业，可是没有，就差了那么一点五分。同学们都很为我遗憾，我反而没那么多叹息，人生不如意十之八九，就连元稹也说"昔日戏言身后意，今朝都到眼前来"，还说"诚知此恨人人有"。整日悲叹有什么用呢？承认不完美，摆正心态，才能往远看，朝前走。因为懂得认可人生的不完美，才能识时务，才能知道自己可以拥有什么，不会好高骛远，也不会妄自菲薄，以一种平和的心态面对世事，这便是成熟。

　　承认人生的不完美，尽管有些残忍，但也是成熟的必由之路，是某些认知改变的必然结果。不要回避它的存在。也许这种认可会有小小的伤痛甚至泪痕，可是人生只有成熟才会完善。

村庄的眼睛

◎曹春雷

老井有多老？村里没人知道，就连最年长的奎三爷也摇头，捋着他雪白的长胡子说，从他记事的时候，老井就这样老了。井口的青石，已经沧桑得看不出它的年纪，猜不出它的年龄。

是谁挖掘了这个井，又用青石垒砌起来？这是个无解的谜。可以想象的是，这个井一定与最初建立这个村庄的人有关。一个或几个人，跋山涉水，步履蹒跚，从远方流浪到了这里，发现这地方有泉眼，便落下脚来，挖掘并垒砌了这口井。

井边建起了房子，人们在这里一代又一代，繁衍生息，村子便形成了。这口井是村庄所有人的乳母，有谁不是喝着它的奶水长大的呢？谁的日子，又能离得开这口井呢？

井口的青石板上，印满了一代又一代人的脚印，大的、小的，宽的、窄的，深的、浅的，无数个脚印堆积在井台上，写出了村庄无形的编年史。谁能解读这部编年史？唯有老井，但它永远都沉默不语，将一切的秘密都藏在了心里。

村庄人的一天，是从井口开始的。每天天还朦胧着，便陆续有扁担挑着水桶"吱吱扭扭"，一路往老井而去。然后，这声音从老井返回一户一户的家里，那清亮亮的井水流进灶台上的铁壶里，流进鹅鸭鸡猪羊共用的石槽里。

新娶进门的媳妇，第二天清早，做的第一件事就是到老井打水。这是让老井认识，也是让全村人认识。新媳妇挑着扁担，风摆杨柳，袅袅娜娜，低着头，红着脸，小步走在大街上。路边的妇人便指指点点：那是某某家新娶的媳妇，看，长得多俊哪。

老井附近有棵古槐，两个人手拉手才刚刚抱得住。树下有个小广场，村里人没事就聚在这里。夏天他们在树下摇着蒲扇乘凉，卖西瓜的经过，有人就买个西瓜，用绳子吊着，放在井里，待上一会儿再捞出来，吃一口，甜在舌尖，爽在心里。

老井知道谁家的婆婆和媳妇处得好，婆婆媳妇一起说着笑着来挑水，灌满了水，媳妇抢着挑，婆婆争不过去。它知道谁家的儿媳懒惰，很少踏足井台，来挑水的，总是年迈的婆婆。儿媳偶尔来，也是满腹怨气，絮絮叨叨地说给老井听。

老井知道谁家的日子过得如意，谁家的日子过得不顺心。过得如意的人来，留给它一脸的笑颜。过得不顺心的，留给它一地叹息。

老井是村庄的眼睛，日日夜夜睁着。即使是在深夜，人睡了，鸡鸭鹅羊们睡了，就连看家护院的狗也打了瞌睡，只有它，一刻也未曾合过眼。它看着村里的炊烟一柱一柱升起来，飘散去。看着头顶天空中月亮的阴晴圆缺，看着发生在月下这片土地上的悲欢离合。看着一个孩子从牙牙学语，到长大成人，走出村庄，然后再回来时，成为村庄的客人。

岁月的风尘总是能模糊一个人的眼睛，也模糊了这口老井。渐渐地，它看不清这世道了。村里的小楼越来越多，垃圾也越来越多。农田里化肥、农药用得越来越多，野地里萤火虫、蚂蚱却越来越少。

　　村里人渐渐冷落了这口老井。因为井水又苦又涩。这不再是老井分泌的乳汁，而是老井的泪水。每次回乡，我都去看望老井。从它眼睛里，我分明看到了忧伤。

　　"为什么我的眼里常含泪水？因为我对这土地爱得深沉……"老井安安静静地守在那里，用含着泪的眼睛，回望着村庄的过去，也在眺望着村庄的未来。

轻罗小扇摇清风

◎积雪草

夏夜，闷热难当，摸黑爬起来去露台上小坐。

远处的山黑黝黝的一片，近处的树纹丝不动，露台上的花草都睡着了一般，寂静无声，就连一落黑就开始闹腾的蚊虫也都消停了许多，街灯睁着蒙眬的睡眼，茫然地看着周遭……

越来越无法忍受空调的凉，那种人工的凉，凉到彻骨，钻进骨缝里有微痛的感觉。热得睡不着的时候，一个人悄悄去露台上小坐，与安静下来的城市独自守候片刻，让心慢慢着陆，心静自然凉。

凝望天空中的迢迢银河，星星依旧多得数不过来，只是那些似曾相识的星星，似乎再也没有小时候看到的那么明亮，被蒙上了轻纱，影影绰绰，扑闪着眼睛，看着人间众生。

小时候的夏夜，天空湛蓝清亮，空气中有着甜甜的草香，温润、湿滑，有着厚重的黏腻。几乎每一个夜晚，我都会和外祖母一起在花架下乘凉。外祖母穿一件月白色的大襟衣衫，青裤绑腿，即使那么闷热的夜也不例外。头发梳得纹丝不乱，在脑后挽一个光光的髻，左手持一杆长长的烟袋，右手轻摇蒲扇，有一下没一下地摇着，没有固定的节奏和韵律，什么时候想到了，就摇几下。

　　我不知道那样漫长的夏夜，外祖母在想什么，她总是很长时间里保持一个不变的姿势。外祖母年轻的时候一定是个美人儿，有着漂亮的美人髻、高鼻梁、大眼睛，说话温柔，做事爽利，美中不足的就是身体一直不大好，病病歪歪的样子。

　　我顾不上外祖母在想些什么，夏夜乘凉时，总会有很多事情要做，忙得脚打后脑勺。我会仰起头，细数天上的星星，想牛郎织女那个美丽不老的传说。我会捉一些萤火虫，放进先前准备好的纱袋里，夜晚不点灯的时候，把纱袋放进蚊帐里，会有一球荧光闪烁。我会在暗影里，使劲嗅着蔷薇的香和青草的甜，会和身边的小猫小狗很热闹地玩上一阵儿。

　　间或也会有谁家飘出艾蒿熏蚊的浓烟，白天把半干的艾蒿结成发辫模样，夜里烧的时候，便会冒出浓烟，岂止是蚊虫受不了，就连人也会被熏得半昏。运气不好的时候，碰到左邻右舍用艾蒿熏蚊，我和外祖母就会及早撤退，不敢恋战，省得被当成蚊子呛。运气好的时候，大半宿都没有人熏蚊，我和外祖母安静地待在夏夜里，吃着自家园子里种的瓜果，闻着花香，看大丽花在篱笆边骄傲地盛开着。

　　消夏遣夜是夏天里最愉快的一件事情，躺在花架下的椅子上或凉席上，听外祖母讲古说今，讲她爷爷奶奶遗留下来的故事，讲她爷爷的爷爷、奶奶的奶奶口口相传的老掉牙的故事，比如牛郎与织女的故事，比如孟姜女的故事，等等。有些故事外祖母讲了很多次，但却总是乐此不疲。有些故事我听过很多次，但每次都听得兴致盎然。

多数时候，外祖母的故事还没有讲完，我就在不知不觉中睡着了。醒来的时候，会发现外祖母坐在我身边，一边轻轻地摇着蒲扇，为我摇来清凉，驱走蚊虫，一边听着收音机，收音机音量调到极小，需凝神细听才能听得到。外祖母的心很细，我猜想，若不是怕吵到我，就是怕吵到邻居。

外祖母喜欢听评戏、影子戏、二人转什么的，漫漫夏夜，总会有一些咿咿呀呀的缠绵之音，隔着光阴传来，令人恍惚，有不真实的错觉。

时间是个最经不起考验的东西，如水，顺着指缝四溢开来，兜不住，收不拢，不知不觉间，滴翠变老绿。那些旧年的事，变成了老旧的事，那些经年的人，还在记忆中来回奔走，猝不及防就会与你打个照面，就像这个闷热难耐的夏夜。

轻罗小扇摇轻风，古人风雅，用折叠香扇抑或团扇。乡人淳朴，用葵叶制成蒲扇，伏天的时候拿出来消夏，轻摇蒲扇，凉风自来。

童年，外祖母、黑白花的"板凳"狗、蔷薇香、芭蕉扇、银河迢迢、流萤乱飞，那一段纯粹而快乐的时光，那一段温馨而透明的乡间生活，疏疏朗朗，占据了人生的一大块时光，成为人生中一段最美好的底色。

多年后，城市、霓虹、广告、咖啡、工作、旅行、抑郁、焦虑，等等，替代了那一段轻罗小扇摇清风的岁月，现代文明蜂拥而来，侵蚀了每一个角落，席卷了每一个人。

不舍，却拉不住岁月的手。不忍，却再也回不到过去。

每个人都有一个回不去的故乡，每个人都有一段想回又回不去的岁月，那是精神上、心灵上的依托。

培植一颗"芳心"

◎ 游宇明

　　有段时间，晚上每次去学校的足球场锻炼，走到西南角的围墙边，总能闻到一股浓浓的桂花香。我与朋友纳闷了：路的旁边是体育馆，正前方是一个餐馆，除了法国梧桐、杜英，没有一棵别的树，这桂花香从哪儿来呢？后来我们想到了足球场对面用围墙圈着的一块足有十来亩的闲地，于是我们打着手机的手电筒沿"香"追踪，终于发现了位于闲地中央的三棵高大的桂树。也难怪我们看不到，桂树距围墙至少有一百米远，中间还隔着许多比它们更高大的树。

　　这些可爱的桂花树给我一个启示：生命的价值，有时是以对他人的意义来呈现的，远处的鲜花只有发出香味才能吸引追随者。其实人也是需要散发芳香的。区别只在于：花可以靠自然躯体散发芳香，而人则必须依靠内在的人格，也就是我们通常说的——拥有一颗"芳心"。

　　"芳心"的第一种成分是良好的操守。人本质上是追求安全感的，你长得再漂亮，学识再渊博，才华再出类拔萃，如果品质不好，别人一样不愿跟你相处。

　　撒谎的人会让我们为追求事实的真相焦头烂额，自私的人会使我们时刻担心自己遭到算计，没有担当的人会让我们陷入被迫为别人付出代价的恐慌……这样的人怎么可能让人产生安全感，又如何可以吸引别人"寻找"他？

人的操守好就不一样了。首先，他是有是非观的，当别人遭受冤屈他会挺身而出；其次，他是有"他人"观念的，当你遇到危难他会全力相帮；再次，他是有责任感、有使命感的，胡作非为的事，哪怕可以侥幸逃脱惩罚，他也不屑为之，值得去做的事，即使冒着风险，他也会"该出手时就出手"。

好性格也是芳心离不开的养料。一个人品质好固然是第一位的，但如果品质好而脾气暴躁，比如个性很偏、说话很冲、做事高度情绪化，估计朋友们也不会认为你有太多的芳香可以追寻。人与人相处，有时固然是为工作、为生存，但很多时候是为了内心的充实、生命的安适。你的脾气好，他人才能体会到你内心的温存，感受到爱与尊重，你也才可能成为别人向往的"芳香"。

"芳心"需要乐观精神。社会上有两种人，一种你与之相处，总是觉得生活特别有意思，世界充满着开心的事，人只要努力就会拥有无数生命的花朵；一种总让你觉得你的周围到处是黑暗，亲人不爱你，朋友自私自利，单位充满了阴谋与不公。第一种人显然更能让人体会到生命的"芳香"。其实，大家碰到的生活都是差不多的，关键是看我们怎样认知它。与其天天抱怨这个指责那个，我们何不抱着一颗包容的心去体会生活的美好？

从二十多岁开始，我就喜欢读名人传记，涉及的名人有凡·高、鲁迅、周恩来、徐志摩、林徽因、胡适、顾维钧等，这些人从事的职业各不相同，性格也千差万别，但有一点是相同的，他们的内心都拥有一种人格的芳香，长久地吸引他人。

行走在尘世，总会有风雨、泥泞、枯萎、凋零，只要我们拥有发出芳香的信念，你的世界就会无比宽阔。

蔷薇几度花

◎周　丽

　　从听到春天的第一声脚步起，我的心就开始慌乱不已，想到那么多喜欢的花草，从遥远的冬天，昼夜兼程，马不停蹄地赶来，和我一期一会，我瞬间失去惯有的从容和淡然，站在季节的路口期待恋人般踮脚张望，低眉欢喜。

　　情因此所起，一往而深。悄然间，"真想和春天谈一场恋爱。"写下这句时，才发现窗前庭院里和窗后露台上的所有花儿和我一样，未休、未眠。芍药、月季、金银花，静静地坐在夜色中央，聆听着风的絮语，以微笑或沉默，回望来时路，抽枝、发芽、含苞、绽放，直至凋零，每一次无不是生命的出发和抵达。

　　春日深深，花是主，人似客。我这根漂泊的浮萍，花间流连时，会把自己想象成其中的一株，彼时离快乐，很近很近。

　　蔷薇落户我家院落是偶然。去女友新家，顶楼平台上披披挂挂的蔷薇像一道道绿色瀑布，垂挂而下。粉红色的花儿簇生于梢头，像夜空中的星星，密密麻麻缀于绿叶间。一小朵、一小朵，玲珑、轻巧。花瓣一层层，像是猜不透、说不完的女人心事。我惊喜地快要叫起来。

　　临别无所有，聊赠一枝春。捧着女友剪下来的几截蔷薇枝条，一路上我的欢喜几乎长出翅膀来，恨不能告诉每一棵树、每一条街道、每一个行人。到家，顾不上喝口水，松土、扦插、浇水。一番忙碌过后，庭院里多了一道风景，而我多了一个芳邻，欣喜自是不言而喻。夕阳西下，晚风轻拂，心里从此住着草木的清幽和远意。

不过几年光景，春风浩荡，蔷薇葳蕤，撒了欢地攀藤，绿色的枝蔓伸向更远处，占据西面围栏的半壁江山。和我家围栏连成一体的，是门前小区的公共外围栏。不同的是，它们高出半截，错落而有致。许久以来我的梦想是，待蔷薇开枝散叶，繁花浓密，将它们和外围栏绵延成片，开出一面蔷薇花墙。那年春风乍起，吹醒我的一帘幽梦。于是，趁春光正好，春雨霏霏，剪下蔷薇枝，贴着外围栏的底部，一根根，扦插于泥土之中。

随之栽下的，是我殷殷的期待。风中、雨中，下班、上班，总不忘看上一眼。蔷薇懂我，终不负一腔心意。几场春雨过后，蔷薇商量好似的，一夜花开，外围栏的一半地儿成了它们的舞台。新绿的叶子、纤细的枝条、粉红的花朵，疏淡、闲散、悠然。我看着它，它看着我，彼此不说话，是那般美好。女人与蔷薇花之间的小情思相亲相融，摇曳在风中，生长在雨中。就连走在路上，也不觉身边有人经过。满身、满心，都是春日的风。风在游走，花香如影随形。

依旧是蔷薇花香。这香气是从路边巷道里一户人家的院墙上飘出来的。

小巷并不幽深，五分钟就能走到尽头。一扇紧闭的铁门门楼左上方，趴着成片成簇的蔷薇。是的，慵懒、闲散、诗意地趴着。红色的、白色的，各自绽放，各自精彩，却又相得益彰，互映成趣。偶尔，能看到一对老夫妻走出来。头发花白，额上的皱纹宛如盛开的波斯菊。他俩互相搀扶，低声细语。我听不清他们说话的内容，但是能清晰地看到他们脸上洋溢的笑容，知足、平和、安详。他们的一生，经历了怎样沧桑的阅历，我不得而知。但是我愿意相信能在院子里种花草的主人是颇具闲情雅致之人。每念至此，我便驻足门前，和墙头上的蔷薇花一起，满含深情，目送着他们远去的身影。他们或许没有将生活过成诗，但一定有生活情趣，有着一颗朴素的草木心。

　　就像写《人间草木》的汪曾祺老先生。他的草木心，像宣纸上的墨汁，一点点洇，一片片染。徜徉在他的文字里，心是绿的、静的、香的。我的蔷薇墙一梦便是读后的念想。尤其读到他的"如果你来访我，我不在，请和我门外的花坐一会儿"，我心底更是泛起阵阵涟漪。不遇，如何都是件憾事。可是转身的瞬间，和主人门前、门外的花儿相遇，多少能弥补些失望。我想做这样的主人，客来或客去，都有机会和这些花儿坐一会儿。你来了，恰好我在，我陪你看花，与你把盏；你来了，我不在，你自顾俯下身去，凑近闻香。

　　而我更想做一回客人，我寻去，你未归，静静地坐在你家茂密的蔷薇花前，春风不度，岁月不老，情意不改。

门 墩 儿

◎常书侦

20世纪70年代以前，乡间有首儿歌唱道："小小子儿，坐门墩儿。哭着嚷着要媳妇儿。要媳妇儿干吗？点灯，说话，做鞋做袜。"

那时，徜徉在乡村街头，路过各家门口，都会看到门两侧大小不等、图案不一的箱子形状和抱鼓形状的门墩儿。吃饭时间，有孩子把门墩儿当作小饭桌在上面吃饭，旁边蹲着一条小花狗，眼巴巴地等待着孩子掉下的饭食。还有的孩子把门墩儿当作操作台，在上面捏泥人、泥猪、泥狗、泥猴子。有时有的孩子还把门墩儿当成学习的桌子，在上面做作业或翻看小人书。

想起门墩儿想起家，家中住着老妈妈。冰冷的石头一旦与家联系在了一起，便有了温度和亲切感，并生发出一缕缕乡愁，让离家在外的游子多了一份念想。

石头门墩儿，由石匠雕刻而成。冀中平原农家的门墩儿，大多出自冀西山区。石匠按照门墩儿所需石料的要求，首先选好采料的"石窝"，把大得如牛、小得如猴的石料撬出石窝后，便开始在就地搭建的简易作坊里，凿刻石碾、石磨或门墩儿、砘子、蒜臼等，品种多样。门墩儿的雏样出来后，石匠就开始仔细打磨，并在上面刻画吉祥图案。

有道是："家家有门墩儿，户户福临门。"这些吉祥图案，借助庄稼、草木、动物、水果、蔬菜等农家最亲近的东西，利用汉语谐音，赋予门墩儿美好寓意，充分表达了人们对幸福生活的向往与追求。门墩儿上多刻有五只蝙蝠，寓意五福临门；喜鹊登梅，寓意喜上眉梢；谷穗、花瓶、鹌鹑合成一组，寓意岁岁平安；莲花与鲤鱼组合，象征连年有余；大白菜，寓意发百财；咧嘴大石榴，寓意多子多福；等等。当然，也有直接用文字表达意愿的，譬如：左边门墩儿上刻"福"字，右边门墩儿上刻"寿"字。这些寓意美好的图案和文字，深受人们欢迎并广为流传。

石件凿刻完工后，石匠就会赶上笨重的牛车，拉上它们下山到平原上的集市出售。凡打算翻盖新宅的户主，就会到石匠那里挑拣如意的门墩儿。有如意的，就将门墩儿搬上自家的独轮车推回去。没有如意的，就和石匠订货，约定门墩儿的尺寸、图案、价格和交货时间。买卖门墩儿，成为当时农村集市上不可或缺的一道风景。

门墩儿有着悠久的历史，它集雕刻、美术、书法于一体，形成一种独特的石头文化，在人们中有着深厚的感情基础。但社会在发展，时代在进步，如今，随着新农村建设步伐的不断加快，老、旧、破的民宅几乎在一夜之间消失无踪，取而代之的是高大、宽敞、明亮、舒适的瓦房和楼房。新的格局、新的建筑、新式门口，致使风光了很久的门墩儿没有了用武之地，不得不退出历史舞台。走在乡间的新房新楼之间，偶尔发现一两处因主人长期在外而尚未顾得上翻新的老宅子大门口的门墩儿，它们似在无言地诉说着时光的流逝和人间沧桑。

门墩儿，承载着历代人浓得化不开的情感，它必将被永远镌刻在人们美好的记忆之中，正是：小小门墩系乡愁，涓涓亲情心中流。昔日岁月难忘怀，更喜今朝笑语稠。

得即高歌失即休

◎草　予

　　记忆有时是不可依仗的。以为根深蒂固已然牢记的，却未能在记忆里永垂，倒是那些缺席与错肩，历久弥新，余音回绕。

　　如约而至的，未必能够一一铭记；倒是误期失约的，挂了久久的怀。比起成功，更加镂心刻骨的或是失败的一记重拳。如同一匹华丽的锦帛，跳了针，让人不得不对那缺失的一脚针耿耿于怀。

　　完美的，是深谋远虑，是千方百计，是如期如愿，稳稳当当，万无一失。若有一失，便是遗憾。

　　事实上，生活不可预知，且不以人的意志为转移，得与失，往往都是水到渠成。

　　惊羡别人的生活，仿照而来，拼接自己的岁月，最终却成了一幅不伦不类的"百纳图"，非锦非帛。反倒处处显得自己捉襟见肘，因为自己并不适应那样的生活方式。

　　得益于不完美，人们开始原谅。不是原谅弱势的无能为力，而是懂得敬畏万物运行的大势与法则。大贤之人，不在如何预知，而在怎样化解。化的是耿耿于怀，解的是念念不忘，如此种种困顿。

深谙世相崎岖逶迤，就不会坐井说天阔，宽容的心也会由此倏然而至。

遗憾的美，在于无法补救，就像江水东逝的无计可施。

于是，人知晓这样的难处与困境，就会早做预估并有所绸缪。逆境中的成长，意义正在于此。雪输梅一段香，有憾；梅逊雪三分白，也有憾。这好像是一场没有赢家的较量，它们却在冬日里相得益彰，取长补短。

遗憾是一种来自往事和挫折的提醒，这种谆谆相劝的力量，往往比经验更为磅礴汹涌。

正如靠内心的力量战胜的孤单，才会在孤独中受用，成为一种支撑。

放下，信马由缰，便修下了几分空灵。卸一根缰绳，自由了一匹马，也自在了一颗心。

捆绑，是因为并非心甘情愿。人有了束缚，才会计谋，否则，自然而然便好。

有梦之人，常在现实与理想间焦灼，在障碍与行进间切换，这个时候，意义已经在此途中。有多少人，努力一场，得到了想要的一切，却收获了一个不想要的人生呢？行走，便是旅途的意义所在。

活着，首先得有知力，读得懂高低荒茂，辨得清虚实宜忌；再者便是释力，势满而不凌人，位卑而不媚人，得志却泰然，败意亦坦然，在获知的万象百态里，均可拥有一份平心与静气，做到调节、平衡，释放、补益。显然，后者更为重要。

　　跌宕与波折连绵不尽，终了，我们却发现所得所失皆会散去，余下的不过是云淡风轻以及正值当下。当然跳脱出那样的得失，本来也是一种得。

　　得，何妨高歌；失，又何妨休？

　　一切都太过完美，本身就是一种遗憾。

夕阳无事起寒烟

◎谢云凤

　　晚归的路上，城市的霓虹灯流光溢彩，夜色斑斓，繁华无处不在。我披着迷离的夜色走入地铁，一个小时后出站，从城中心回到了五环郊区，远离了都市喧嚣，行人寥寥，但我并不觉得落寞冷清，反而喜欢这种宁静致远的意境，视野开阔，情怀邈远。

　　从地铁站走回家，我要步行十五分钟，沿途是一段悠长的绿化带，还会路过一个大学。那天走到大学门口，看见一个大叔正在卖烤红薯。他一边卖红薯，一边往烤箱里添红薯，烤箱里面填满了木头，正在熊熊燃烧，弥漫着香气的炊烟缓缓飘出来，淡淡袅袅，旁溢斜出，具有天然的美感。

　　彼时暮色渐浓，夕阳的余晖通红万里，笼罩着四野，人声静寂，缕缕炊烟悠然入静，让我想到了儿时生活的田园。在机械化的城市，很难再见到炊烟，那如诗如画的炊烟仿佛一个遥远的清梦，永远留在了记忆深处的乡村生活中。

　　在乡下，家家户户都有一个带着烟囱的厨房。远山如黛，月色辉映时，乳白色的炊烟便浅浅溢出，柔柔缓缓地飘浮上升，直至与那天青色融为一体，消失在淡远缥缈的天际。

　　在我的记忆里，印象最深的就是暮色中的炊烟。夕阳西下，晚霞映照，村子掩映在一片昏黄的光晕里，仿佛一幅意境清幽的古典画，而炊烟就是这幅画中的点睛之笔，空灵、飘逸，衬托出暮色的安宁和轻柔。

多年后，读到诗人林逋的一句诗"秋景有时飞独鸟，夕阳无事起寒烟"，心动不已，这寥寥数言，便淋漓尽致地描绘出了炊烟的美感。秋景静态，独鸟动态，动静相宜，背景是无边的夕阳暮色和寒意袭人的炊烟。在这幅画中，炊烟传递的是人间烟火气息，炊烟下面住着一个个温馨和睦的家，如此，这幅画才有了生气和意蕴，耐人品味。

我怀念儿时的炊烟，那是幸福和温暖的象征，饱含着人间的喜乐和温情。

傍晚时分，村里热闹极了，忙碌了一天的农人们扛着农具，谈笑风生地往家走，散学的儿童围在村前的空地上做游戏，欢声笑语，追逐打闹。此刻，勤劳的农妇们在灶台边忙着准备晚饭，生火、烧水、煮饭、炒菜，有条不紊地进行着，我和小伙伴则在外面嬉戏，乐不思归。等到看见自家炊烟消失了，便知道饭已做好，才恋恋不舍地回家吃饭。走进厨房，烟雾袅袅，热气腾腾，一家人坐在一起吃饭，光影交错中大快朵颐，享受着食物的美味和相伴的甜蜜。

一年四季，炊烟绵延不息，它是烟火红尘里的温情点缀。每次外出归家，远远地看见自家厨房上冉冉升起的炊烟，我就感到踏实和心安。回到家，烟火迷离中，一家人别后重逢，喜笑颜开，这情境仿佛梦境一样轻柔虚幻，给平淡的生活添了一丝柔情诗意。

后来上学工作离开家乡，久居都市，我渐渐习惯了城里的灯红酒绿，心里却依然想念家乡的落日炊烟。城里的生活便利、精彩、丰富，可是缺少人情味，缺少自然美，钢筋水泥建起来的高楼大厦，极富现代气息，颇具观赏性，却少了天然的美感。幸运的是，我在晚归的路上偶遇烤红薯的炊烟、朦胧晕染的烟雾，那浑似记忆中的炊烟，慰藉了我的思乡情绪。

夕阳西下，人在天涯，我遥望着家的方向，那里此刻一定炊烟袅袅，万家灯火，团圆美满。我只好翻开泛黄的诗集，在墨香中寻找那遗失的炊烟往事，重温年少的田园时光。

谁不曾被善良温暖过

◎米丽宏

喜欢海子的《面朝大海，春暖花开》，这首诗打动我的，不只诗歌本身的清新，更有诗人善良、温暖的情怀。诗里写道：

> 陌生人，我也为你祝福
> 愿你有一个灿烂的前程
> 愿你有情人终成眷属
> 愿你在尘世获得幸福

这种送给陌生人的祝福，多么美好善良。人性最美是良善，善良是源自心灵的一束光，为世界带来的是一抹一抹暖。人之初，性本善，小孩子舍不得花蕊枯萎，花瓣脱落；舍不得蝴蝶死去，蜜蜂失踪；舍不得小猫跌跤，老牛蹒跚……种种舍不得，其实，便是对美的热爱和挽留，是一种小小的善良啊。

而在人生的旅程中，谁不曾受过善良的照拂呢？

记得幼时家里穷，因为生计艰难的缘故吧，爹常常一言不合就发脾气，而且火气超大。有一次，娘坐在炕边给弟弟喂奶，两人忽然吵了起来。爹压不住火气，上前扯住娘的脚脖子，将娘扯翻在了地上。娘紧紧护着孩子爬起来，去了奶奶屋。她不告状，也不诉屈，只是把孩子交给奶奶，自己就开始闷头干活，扫地、抹桌子、做饭，边做边落泪。但不管受多大的委屈，娘从来没有因为生气回过姥姥家。

每逢这时，奶奶就瞧出了端倪，她把爹叫来，连骂带训，诉说娘的种种好处。爹立在一旁，唯唯诺诺，连连赔不是，直到娘消了火气。

在我的记忆里，姥姥也是一个和善热诚的老太太。街坊邻居，谁遇到麻烦难缠事儿，都爱找姥姥说道说道，寻个主意。姥爷的大姐，我们叫姑姥姥，姑姥姥有个儿子，年纪轻轻患了病。人黄瘦黄瘦的，俩眼窝子像两个坑儿。姑姥姥看着独苗儿子病情老不见好，眼泪都哭干了。姥姥见了，叹息说："唉，大姐也够苦的，咱也尽着力照顾一下侄子吧。"她就让姥爷套了马车，把舅舅接到家，一照顾就是一个月。眼见得舅舅有了胖模样，才把他送回家去。

从两位老人家身上，我看到了大度、热诚，那是善良最朴实的模样。

邻家麻五爷，是个五保户。他手脚勤谨，一年里，到处打零工挣钱，不但不求村里照顾，每到年底，还要自己花钱，为村里人送"福"字。全村二百五十六户人家，他有两家不送。一家，是儿媳妇拿拖鞋扇过婆婆的脸；一家，是四十多岁的汉子不干活，靠乞讨过日子。

这个"福"老汉，年过七十五了，还壮壮实实。在他那儿，我感受到的，是有态度的善良。

我娘是一个心软的人。小时候，有人逃荒到我们村，挨门挨户讨吃的，我娘总是舀了热汤，拿了干粮，让我们送到门外。娘说："不要小看人家，人不遭难，谁会拉下这个脸？凡事打个颠倒，就知道咋办了。"

我们山村里，做农事都有个风俗：田里的玉米谷子小麦，山坡上的酸枣柿子核桃，收获时，总要留下一个小尾巴——一小枝果子，或者一小绺庄稼，说是要报恩。我曾经问娘："报谁的恩呢？"娘说："地呀，树哇。"我笑了，说："太神乎其神了吧。"娘说："其实，就是给那些鸟啊兽啊的，留下点口粮。啥不是一条命呢？"

我愣了一下。从我娘和乡亲那里，我感受到了善良的广博。

我有个朋友，每次见到乞丐，都要给钱。我跟她一道儿出去的几次，一次都不落空。我提醒她说，那些乞讨的人，并不全是可怜人，网上说："有很多人都是靠着乞讨做生意发家的。你给钱也要辨一辨真假呀。"朋友笑了笑说："小时候家里穷，因此现在一看到那些破衣烂衫的人，就想到了自己小时候。给就给了，是假的也不后悔。"她感觉，善良终归比聪明重要。

从朋友这里，我知道了，善良不仅是一种品质，还是一种选择，一种坚持。

固然，人性有善恶两面，我们有可能被伪善所蒙蔽，也很有可能被"狼来了"所愚弄，但纵然有无数理由拒绝善良，拒绝诚实，但我们最后还是选择做一个"好人"，甚至连"选择"都不曾经历，那便是深深植根于天性中的善良悲悯之心了。

善良，是世界一束温暖的光，永远不会泯灭。

有句名言道："坚持一件事情，并非因为一定有结果，而是因为坚信这样是对的。"选择善良，坚守善良，因为我们都曾经被善良温暖过；而坚守，更能让我们的内心沉静而满足，温暖而欣喜。